老父よ、帰れ

久坂部羊

朝日文庫

本書は二〇一九年八月、小社より刊行されたものです。

老父よ、帰れ

1

目からウロコが落ちるとはこのことだった。

矢部好太郎は、混乱しつつも興奮を抑えることができなかった。

医師会が開いた講演会で、認知症専門のクリニックを開業している宗田道雄という医師が、こんなことを言ったのだ。

——多くのご家族が、同じパターンで認知症の介護に失敗しています。それは認知症を治したいとか、これ以上悪くしたくないという思いです。

だれだってそう思うだろう。認知症のままでいいと思う者などいるはずがない。

講演会のタイトルは、『認知症の介護——あなたは勘ちがいしていませんか？』。演者の宗田医師は、七百人以上の認知症患者を診てきたベテランで、講演の内容は自らの経験に基づいたものだという。

好太郎が講演会に参加したのは、そのタイトルに気がかりなものを感じたからだ。父の茂一が、おかしなことを口走るようになったのは、もう六、七年も前のことになる。好太郎はまさかと思いつつも認知症を疑い、なんとかそうでないことを願った。正常であることを確かめるために、何度も日付や曜日を聞いたり、孫の名前を言わせたりした。

宗田医師によると、それがいけないというのだ。

――高齢になると、わかっていても答えられないことがあるのです。それをわからないと思われるのは屈辱です。認知症が心配なとき、ご家族は日付や前の晩の献立を高齢者に聞いたりしませんか。幼稚園の子どもに聞くようなことを問われたら、それだけで高齢者はプライドが傷つきます。自分は認知症を疑われている、厄介者扱いされていると感じて、惨めな気持になるのです。

耳が痛かった。自分がいろいろ聞いたとき、父が情けなさそうな顔をしたり、不愉快そうな表情を浮かべたりしたのは、そういうことだったのか。

――無理に病院に連れて行こうとするのもよくありません。ご家族は心配して、少しでも早く治療すれば効果があるのではと期待します。よかれと思ってするのでしょうが、当の高齢者にとっては、病院は不安で不快な場所なんです。みなさんだってそうでしょう。自分はまともだと思っているのに、いきなり精神科病院に行こうと言われたら、いやな気がしませんか。

　宗田医師はときにユーモアを交えつつ、柔らかな口調で話した。しかし、好太郎には厳しい内容ばかりだった。

　好太郎も半ば無理やり父を病院に連れて行った。まともに言っても応じないので、健康診断みたいなものだと言いくるめて、強引に受診させた。しかし、バレていたのだろう。陽気で温厚な父が、これ以上ない不機嫌な顔をしていた。今から五年前、父が七十歳のときのことだ。

　当時、父は世田谷の実家で独り暮らしをしていた。その三年前に母が心筋梗塞で亡くなり、どうしようかと弟の裕次郎（ゆうじろう）とも相談したが、茂一がひとりで大丈夫だと言うので、ようすを見ていたのだ。はじめは茂一も頑張っていた。自分で料理をし、掃除と洗濯も曲がりなりにこなしていた。好物のケーキやシュークリームを買ってきては、自分でドリップ式のコーヒーをいれたりもしていた。そんな父が、ある日、コンビニで万引きをして警察に通報された。

　ショックだった。連絡を受けた好太郎は、すぐに現場に駆けつけた。コンビニの事務室で、父は目の焦点が合わないほど激しく怒っていた。自分は万引きなどしていない、泥棒扱いなどもってのほかだと息巻いた。しかし若い店員は、父がうまい棒をポケットに突っ込んで、そのまま店を出ようとしたから引き留めたのだと主張した。事務所の机には四本のうまい棒が置かれていた。無理にポケットに入れたせいか、二本が折れていた。

　好太郎は父を信じたかったが、どうもようすが変だった。話を聞こうとした好太郎を、まるで他人のような目で見たのだ。

「父さん、僕だよ。わかる？」

　正面から質(ただ)したが、父は答えず憤然と目を逸(そ)らした。怒ってはいるが、どことなく状況が理解できずに混乱しているようすだった。これはおかしいと思ったので、好太郎は店員と警察官に謝り、代金を払ってなんとか穏便にすませてほしいと頼んだ。幸い、コンビニ側が理解を示してくれたので、父は逮捕されずにすんだ。

　それから、好太郎は本格的に父の認知症を心配し、品川区の自宅から世田谷の実家に行く回数を増やした。妻の泉(いずみ)も協力してくれた。単なる老化現象による混乱であればと願ったが、それでは説明のつかないことが相次いだ。好太郎より頻繁にようすを見に行っていた泉は、実家に行くたびに心配のタネを拾ってきた。

「お義父(とう)さん、セーターの上にランニングシャツを着てたわよ」

「冷蔵庫の中にクーラーのリモコンが入っていた」

「お風呂の沸かし方がわからなくなって、水風呂に入ったみたい」

　彼女は一刻も早く父を病院に連れて行くべきだと主張した。このままだといつ危険なことが起きるかわからない。転倒して頭を打ったり、食べ物をのどに詰まらせたり、お風呂で溺れたりしたらどうするの。ヒステリックにこうも言った。

「火の不始末で、火事を出してからじゃ遅いのよ」

わかってはいるが、ことは簡単には運ばなかった。

そのころから、父は徐々に性格が変化し、特別な理由もなく不機嫌になることが多かった。もともと、茂一は朗らかな性格で、家の中に笑いがあることを好んだ。それが急に怒鳴ったり、気に入らないとものを投げたりするようになったのだ。

そうかと思うと、意味もなく大きな声で笑ったりする。それがマンガのセリフのような「ワハハハハ」という笑い方なのだ。何がおかしいのと聞いても答えない。目は何も見ておらず、肩を怒らせたままの硬直した姿勢も異様だった。父の人格が、得体の知れない何かとすり替わったような無気味さを、好太郎は覚えた。

だますようにして連れて行った病院で、ついた診断は前頭側頭型(ぜんとうそくとうがた)の認知症。医師の説明を聞いて、好太郎は絶望以上の恐怖を感じた。

——認知症には大きく分けて四つのタイプがあります。アルツハイマー病、レビー小体型、脳血管性、そしてお父さまの前頭側頭型です。このタイプは、理性と判断力を受け持つ前頭葉と、言語を理解する側頭葉が萎縮するため、反社会的な行動が増えて、意思の疎通が困難になり、やがては人格崩壊に至る危険性があります。

なんとか治す方法はないのか。好太郎は悲愴な思いで訊ねたが、医師は首を振るばかりだった。

それでもあきらめずに、脳トレの本を買ってきたり、認知症に効果があるという体操をさせたり、サプリメントを飲ませたりした。茂一は機嫌のいいときは素直に応じるが、突然、怒り出したり、大声をあげてものを投げたりする。認知症で判断がつかなくなっていると思おうとしたが、まったく人格が消えているわけではなく、言いたいことがうまく言えずに、もどかしそうにすることもあった。そういうときには、本来の父がどこかに残っているように思われた。

講演会の終了後、駅への道を急ぎながら、好太郎は宗田医師の言葉を思い返した。

——認知症を治したいと思うことが、なぜいけないのか。それは患者本人の気持を傷つけるからです。ご家族は病気だけを否定しているつもりでも、当人は自分のすべてを拒絶されているように感じます。悪気があって認知症になったわけではないのに、失敗を咎(とが)められ、粗相(そそう)を叱責され、勘ちがいをあきれられる。つらいですよ。腹が立ちますよ。空気がギスギスして、笑顔が消えます。これではいい介護になるはずがありません。

じゃあ、どうすればいいのか。

——認知症の介護で重要なのは、感謝の気持です。それと敬意。今は認知症になってしまっていても、みなさん、親御さんに感謝すべきことはありませんか。

宗田医師は会場を見まわしてから、実例の話をした。

——私が関わっているある認知症のご家族は、たいへん上手に介護をしています。お嫁さんが舅の世話をしているのですが、重度の認知症であるにもかかわらず、苛立ちもせず甲斐甲斐しく面倒を見ています。どうしてそんなに親切にできるのかと聞くと、舅はもともと立派な人で、結婚したてのころ、結婚に反対だった姑をなだめて、自分たちの味方になってくれたというのです。そのあともいろいろ世話になったので、今はその恩返しのつもりで介護をしていると話していました。

なるほど、と好太郎は膝を打った。自分に欠けていたのはこれだ。恩返しのつもりで、する介護。

もともと茂一はいい父親だった。早くから好太郎を一人前に扱ってくれ、威張ることも、強圧的な態度を取ることもなかった。大学受験に失敗して、落ち込んだときには励ましてくれ、一浪して志望校に合格したときには心から喜んでくれた。結婚してからも、よけいな口出しはせず、常に温かく見守ってくれた。そして、千恵が生まれたときは、初孫の誕生を手を叩いて喜んだ。

そんな父だったのに、認知症の症状が出はじめたとき、自分は先のことばかり心配して、症状の悪化を防ぐことに躍起になった。脳トレの問題をまちがえると舌打ちをし、運動療法ができないとため息をついた。父はそんな息子に傷つき、つらい思いをしていたにちがいない。

今、茂一は三鷹市の有料老人ホーム「よろこびの郷」に入っている。認知症が進み、さまざまなトラブルを起こしたので、二年前、大阪にいる裕次郎と相談して入所させたのだ。

裕次郎は好太郎の三歳下で、生まれも育ちも東京なのに、どういうわけか子どものころから関西が好きだった。高校卒業後、神戸の大学に進み、そのまま大阪に本社のある大手電機メーカーに就職して、以後、ずっと関西暮らしを続けている。だから、父の面倒は好太郎が見ざるを得ない。

よろこびの郷では、茂一が大声を出したり暴れたりすると、強い鎮静剤を処方された。入所した当初は、ひと月のうち半分以上、薬で眠らされていた。起きているときも、口を半開きにして、目も虚ろに開いたままベッドに横たわる父は、まるで人間らしさがなかった。父がそんなふうになってしまった責任の一端は、自分にもあると思うと、好太郎は悔やまれてならなかった。

講演会場から駅に着いて、自動改札を通ろうとしたとき、前で後期高齢者らしい老人が立ち止まった。切符かICカードをさがしているようだ。これまでなら苛ついたところだが、ふと父を思い出し、急かさずに待った。自分もカードを当て損なったり、ちがうカードを出したりすることもあるのだ。これからはそういうことが増えるだろう。

自動改札を通ったあとも、父のことがずっと頭を占めていた。

最近は茂一も落ち着いて、施設で鎮静剤を使われることが少なくなった。認知症が進んで、活力が低下したのかもしれない。好太郎が面会に行っても、息子だとは認識していないようで、きょとんとしていることが多い。わかっているように見えるときもあるが、名前を口にすることはない。なんとかもう一度、自分の名前を呼んでくれないか。好太郎は今さらながらに熱望する。そうすれば父と息子の絆が実感できるのに。

電車に乗り込んでからも後悔は続いた。もっと早くに宗田医師の話を聞いていたら、父を傷つけることもなかったし、認知症を悪化させることもなかっただろう。残念なことをしたと、何度目かのため息をついたとき、ふとある考えが閃いた。

今からでも遅くないのではないか。

それはシンプルだが、これまで一度も思いつかないことだった。父を自宅に引き取って、自分で介護する。好太郎の自宅は西品川のマンションで、３ＬＤＫの間取りでは父を引き取るスペースはないと、勝手に思い決めていたが、そんなことはない。自分の書斎を父に提供すればいいのだ。

宗田医師も言っていた。

――認知症の介護をむずかしくしているのは、自分の都合が紛れ込むからです。いい介護をしたい。だけど、自分の生活は乱されたくない。これではいつまでたっても問題は解決しません。

たしかにそうだ。自分が譲歩すれば、父を自宅介護することはできる。ほんとうに親孝行をしたいのなら、介護を優先して生活に融通をきかせるべきだ。泉と千恵が賛成してくれるかどうかが問題だが、彼女たちだって、父とは悪い関係ではないのだから、話せばわかってくれるだろう。

良好な介護をすれば、認知症は治らなくても、まだどこかに残っている父の人格がよみがえり、もう一度自分の名前を呼んでくれるかもしれない。

「よしっ!」

好太郎は電車に乗っていることも忘れて、手のひらに拳を打ちつけた。派手な音が鳴り、周囲の乗客がこちらを見た。が、好太郎は気にしない。名案を思いつくと、居ても立ってもいられなくなるのが彼の性格だ。帰ったらさっそく父を呼びもどす計画を立てよう。好太郎の心は、早くも介護の具体的な方策に飛んでいた。

2

「聞いてほしいことがあるんだけど」

夕食後、宗田医師の講演で受けた感動を一通り説明したあとで、好太郎は妻の顔色をうかがいながら話を切り出した。

「実はね、親父をこのマンションに引き取れないかと思ってさ。僕の書斎を親父の介護の部屋にして」

「えーっ」

泉は逆にこちらが驚くほどの声を上げ、正気かどうか疑うような目で好太郎を見た。

冗談を言っているのではないとわかると、彼女は早口にまくしたてた。

「お義父さんを引き取るって、そんな余裕うちにはないでしょ。介護の知識も設備もないし、いったいだれが世話をするの。認知症が治ったわけでもないのに、いろんな問題が起こったらどうするの。ご近所にも迷惑がかかるかもしれないし、また警察沙汰になったら、今度は何て言われるかわからないわよ」

施設に入る少し前、茂一は勝手に他人の家の庭に入り込み、花壇のチューリップをすべて引き抜いたことがあった。その家の主婦が丹精込めて育てていたらしく、茂一の所行に半狂乱になって警察に通報した。連絡を受けて泉が駆けつけ、平謝りに謝ったが許してもらえず、結局、損害賠償として十二万円を支払うことになった。そのとき、認知症だと説明すると、警察官に、「こんな人を野放しにしてたらだめですよ。あなたたちが保護責任者なんだから」と言われた。

「あのころは、僕らも介護の仕方がわからなかったから、トラブルも仕方なかったんだ。

でも、今日、宗田先生の講演を聞いて、僕は介護の極意に開眼した。だから今度は失敗しない。上手にやれば、親父も僕らを困らせるようなことはしないと思うんだ」

「介護の極意って何よ。そんなもの簡単にわかるの」

「感謝の気持と敬意だよ。それをもって接すれば、認知症でも相手の気持はわかるから、穏やかになるんだ」

「その先生、信用できるの？ 年齢不詳でいかにもきれい事を言いそうな顔よ」

泉は講演会のチラシを見て、あからさまに不審を表明した。プロフィールによれば、宗田医師は六十歳のはずだが、黒髪の童顔で五十代前半に見えなくもない。

「講演のタイトルだって、『あなたは勘ちがいしていませんか？』なんて、いかにも人の気を惹くみたいで、胡散臭いと思ってたのよ」

好太郎が宗田医師の講演会を知ったのは、よろこびの郷に父の面会に行ったとき、フロントにチラシが置いてあったからだ。泉にも勧めたが、彼女は興味を示さなかった。

「僕もそれほど期待してたわけじゃない。でも、行ってよかったよ。宗田先生は認知症の患者をたくさん診てるから、気持がわかるんだ。いい介護をするためには、心を通い合わせることが必要なんだよ」

「何をドラマのセリフみたいなことを言ってるの。現実はもっと厳しいわよ。だいたい、医者は認知症を治す立場なのに、治そうと思わないほうがいいなんておかしいでしょう」

「今の医療では認知症は治らないんだ。宗田先生はそのことを率直に認めてる。当てにならない治療法を勧めたり、いい加減なデータで認知症がよくなったように見せかけるより、よっぽど誠実だろ」

「それはそうかもしれないけど」

泉がわずかに譲歩したので、好太郎は攻勢に出た。

「実際にいい介護をしている家の話もしてたよ。嫁がむかし世話になったことに感謝して、重度の認知症の舅をうまく世話してるんだって」

「それはもともと性格のいい舅だったんじゃないの」

「うちの親父だって、悪くはないだろ」

少し声が尖った。しかし、泉は動じずに言い返す。

「たしかにお義父さんはいい性格よ。優しかったし、ユーモアもあったわ。でもね、それは認知症になる前でしょう。病気はお義父さんのせいじゃないけど、現実に問題も起こってるし、病気そのものは治ってないじゃない。お義父さんを家に引き取ることを、頭から反対してるわけじゃないけど、あなたは早合点するところがあるし、安易に考えるのはよくないと思うのよ」

早合点と言われ、好太郎は無言で不快を表明した。それでも泉はペースを乱さない。

「いっしょに暮らしたら、いろいろややこしいことがあるかもしれないわよ。程度にもよるけど、わたし、露骨なセクハラなんかされたら、きっと我慢できない」

「そんなことはないようにするよ。親父ももう七十五だから、体力も落ちてるだろう。施設でもおとなしくしてるし、興奮したときのために鎮静剤も処方してもらうから」

「何かあったら、あなたが責任を持ってくれるわけ？」

ここで迂闊にうなずくと言質を取られる。好太郎は曖昧な回答で話を微妙にずらした。

「できるだけのことはするさ。はじめはずっと目を離さないようにして」

「仕事はどうするの」

父を引き取る話をすれば、泉が仕事のことを気にするのはわかっていた。だから、前もって手立ては調べておいた。好太郎が勤務するコンサルタント会社は、不動産活用のコンサルティングやリサーチが主な業務である。ネットで確認すると、雇用保険には介護休業の制度があり、最大で九十三日間、給与の三分の二が給付されることがわかった。

「介護休業は最低でも二カ月は取るよ。それで落ち着かなかったら、もう一カ月延長する。君にはなるだけ負担をかけないようにするから」

「あなたね、三カ月なんてあっと言う間よ。その間にお義父さんが落ち着かなかったらどうするの」

「コンサルの仕事はパソコンがあれば家でもできるから、会社に相談して、勤務態勢を変えてもらうよ」

「あなたの書斎をお義父さんに使ってもらうのはいいけど、机や本棚はどうするの」

「それは悪いけど、リビングに置かしてくれないかな。君も僕のデスクトップのパソコンを使ったらいいよ。ノート型より見やすいだろう」

おもねるように言うが、反応は芳しくない。好太郎はさらに好条件を並べる。

「介護保険でヘルパーや訪問看護も使えるし、デイサービスやショートステイも利用すればいい。前もって長めのショートステイを予約すれば、旅行にだって行ける。何より親父を引き取ったら、よろこびの郷の月々の利用料も必要なくなるだろう」

月々の支払いは十五万円ほどで、十万円は茂一の年金から出し、残りは好太郎が約三万円、裕次郎が二万円を払っていた。自分のほうが多いのは、長男としてのプライドだ。

「だけど、その分、食費や光熱費やおしめ代はかかるし、わたしの負担も軽くはないわよ。三度三度の食事も作らなきゃならないんだから」

「食事は宅配という手もあるよ。なんなら、よろこびの郷の利用料をそのまま君の通帳に振り込んでもいい」

できる限りの譲歩をしたつもりだが、泉はなかなか首を縦に振らない。

「いいことばっかり言ってるけど、あなたは歳のわりにオッチョコチョイのところがあるからなぁ」

「何だよ、オッチョコチョイって」

四十五歳にもなって、そんな言われ方は承服できない。ムッとしてみせるが、泉は知らん顔をしている。

痺れを切らした好太郎は、ついに泣き落としに出た。

「今日の講演で、親父の認知症が悪化したのも、僕の接し方が悪かったと痛感したんだ。このまま親父を施設で死なせたら、悔やんでも悔やみきれない。親父の人生の最後に、家族とのつながりを感じさせてやりたいんだよ」

深刻な調子で言うと、泉も反論の空気をやや緩めた。好太郎はさらに押した。

「君が心配するのはわかるし、世話をかけることも申し訳ないと思ってる。でも、僕の親父だけを頼むんじゃない。もしも君のお母さんに万一のことがあったら、いつでもこっちに引き取るよ。親父がいる間だったら、リビングで介護すればいい」

「母はまだ元気よ。兄さんだっているし」

泉には兄がいて、母親と同じ千葉市内に住んでいる。父親は結婚前に亡くなっていて、母親は独り暮らしだ。しかし、兄嫁との関係が良好ではないので、一抹の不安があるのだろう。泉の声にかすかな弱気が滲んだ。

「裕次郎さんのところには相談しなくていいの？」

「あいつは大阪から帰って来ないんだから、僕が決めれば文句は言わせない」

長男風を吹かせて言い切った。

「千恵は了解してくれるかしら」

「君さえＯＫなら反対はしないさ。プライバシーが心配なら、千恵の部屋に鍵をつければいい。それに、今からあの子に介護を見せておくのも悪くないんじゃないか」

自分たちが親の介護をしていれば、娘もそれを見習うだろうという思惑だ。これは効果があったようだ。泉はようやく首を縦に振りかけたが、最後のところでぴたりと止まった。

「わかった、と言いたいところだけど、お義父さんはほんとうに家で介護できる状態なのかしら。お医者さんに確認してくれる？　あなたが入れ込んでるその宗田先生に診てもらってよ。往診とか頼めるでしょう」

泉は最後の抵抗とばかりに注文をつけてきた。せっかちの好太郎はこの場で結論を出したかったが、これ以上話を進めるのは無理のようだった。

「宗田先生がＯＫなら、引き取ってもいいんだね」

「でも、無理だと言われたらあきらめてよ」

「了解」

宗田医師ならきっとＯＫを出してくれる。好太郎は持ち前の楽観主義で自分に言い聞かせ、妻との話を打ち切った。

3

その夜、好太郎はベッドに入ってもなかなか寝つけなかった。父を自宅で介護することを考えると、あれこれ思いが広がって、目が冴えてしまう。何かに気を取られると、そのことで頭がいっぱいになるのが若いときからの悪い癖だ。

好太郎は東京の私立大学を卒業後、大手の住宅メーカーに就職して、一級建築士の資格を取ったあと、銀行系のコンサルタント会社「日之出(ひので)総合研究所」に中途入社した。不動産事業本部に配属され、現在、上席研究員の職に就いている。

もともと努力家で、受験には一度失敗したが、予備校で偏差値を10近くも上げて合格したことは、大きな成功体験となっている。大学時代の好太郎は、だれもが思いつくことを、だれより早く思いつくことを誇るような学生だった。だから行動は俊敏で、判断も速かったが、ときに安易な情報に飛びついて失敗することもあった。輸入物のシャツを自分で洗濯して縮ませたり、卒業旅行で格安のツアーに申し込んで、食事のまずさに辟易(へきえき)したりなどだ。

社会人になってからは、さまざまな難問を頑張ることで乗り越えた。あきらめずに努力すれば必ず報われる。それが彼の幸福な、そしてやや安直な座右の銘だった。

妻の泉は好太郎の三歳下で、住宅メーカーに新入社員として入ってきたときに見初め、一年付き合って結婚した。翌年、千恵が生まれ、二人目も希望したが、残念ながら叶わなかった。現在、泉は専業主婦で、週に二日、ママ友とテニスをするのを趣味にしている。千恵は都内の高校二年生で、自宅から通学している。

好太郎は顧客のウケもよく、社内では有能かつ明るいムードメーカーとして評価も高かった。順風満帆と言っていい人生で、唯一、乗り越えられなかったのが、父親の認知症だった。

父・茂一はもともと高校の数学の教師で、定年退職の後は近くの塾でアルバイトの講師を四年務めた。最後のほうは認知症が進みかけていたのか、簡単な計算をまちがえたり、誤った公式を使うなどのミスがあったようだ。

前頭側頭型の認知症は、比較的若年の高齢者に多く、七十歳での発症は遅いほうだと医師に言われた。診断がついたとき、好太郎はかなり落ち込んだが、持ち前の明るさで前向きに対応しようとした。世田谷の実家に通うだけでなく、何回も泊まり込んで、父に症状改善のための訓練をさせた。だが、そのたびに喧嘩になった。トイレットペーパーを大量に買い込んだり、新品があるのに同じ帽子を買ってきたりするので、理由を聞くと、知らん、わからんとそっぽを向いた。しつこく聞くと、手当たり次第にものを投げつけた。

やがて、昼夜逆転で夜中に歩きまわるようになり、家もゴミ屋敷のようになって、介護保険の認定を受けると、独り暮らしは限界だとケアマネージャーに言われた。他人の家のチューリップを全滅させたのもそのころだ。

特別養護老人ホームは順番待ちが二年以上と言われたので、大阪の裕次郎と相談し、入居一時金が比較的安い有料老人ホームに入れることにした。取りあえずは一件落着だったが、好太郎の気持は落ち着かなかった。なぜ、こんなことになったのか。ほかに道はなかったのか。

宗田医師の講演を聴いた今なら、当時のまちがいがわかる。しかし、あのときは自分も必死だった。立派だった父が、認知症で崩れていくことが恐ろしく、受け入れがたかった。なんとか回復させようと空しい努力を重ねたことが、無言の圧力になり、逆に父を追い詰めたのだろう。そうと知った今、今度は失敗しないと好太郎は胸に誓った。

まずは、泉との約束で、宗田医師の判断を仰がなければならない。ネットで調べると、宗田医師のクリニックは横浜市青葉区にあった。三鷹市井の頭の施設に往診してもらえるかどうかわからなかったので、取りあえず担当ケアマネージャーの水谷和枝に相談した。

水谷は四十代半ばの元看護師で、認知症にも詳しいベテランである。茂一がよろこびの郷に入ったあとも、介護プランの作成などで親切に関わってくれていた。

「わたしも宗田先生のお名前は聞いています。認知症の専門家で、ときどきテレビにも出ている方ですよね。施設への往診が可能かどうか、聞いてみます」

返事はすぐに来た。往診は可能で、スケジュールを調整し、木曜日の午後によろこびの郷に来てくれることになった。

当日、好太郎は有給休暇を取って、泉といっしょによろこびの郷に行った。茂一はレクリエーションルームで、ほかの入所者たちとビデオで時代劇を見ていた。正確には見せられていたと言うべきだろう。広間に入所者を集め、ビデオを流しっぱなしにしている。熱心に見ている者もいるが、居眠りをしている老婆や、まったく無関心な老人もいる。茂一もあらぬ方向を見て、パイプ椅子で脚を組み、ふんぞり返っていた。

「父さん。今日はお医者さんが診察に来てくれるよ」

好太郎が話しかけても、横目でにらむだけで、ウンともスンとも言わない。担当のヘルパーが近づいて、「お部屋にもどりましょうね」と耳元で言うと、素直に立ち上がり、無言で居室に向かった。

「お義父さん、わかってるのかしら」

泉が小声で問う。好太郎は答えようがない。ヘルパーに促されるまま茂一が部屋に入って、おとなしくベッドに横たわるのを見守るばかりだ。

やがて、宗田医師がやってきた。思ったより小柄で、服装もラフなポロシャツ姿だ。

白衣を着ないのは患者を緊張させないためだと講演でも話していた。

「先日の先生の講演、素晴らしかったです。先生のお話を聞いて、私は自分の対応がまちがっていたことに気づきました。ショックでした。なぜもっと早くに先生の講演を聞けなかったのかと、残念でなりません」

いきなりしゃべりだした好太郎に、宗田医師は戸惑いつつも、愛想よく応じてくれた。

好太郎は感激で言葉が止まらず、熱い口調で続けた。

「でも、まだ間に合うと思うんです。先生のおっしゃったことを実践すれば、今からでも父を自宅で介護できるんじゃないかと考えています」

結論めいたことを口走ると、それはまだ早いとばかりに、泉が背中を小突いた。

宗田医師は穏やかに笑って、「まずは診察させていただきますね」と、茂一のベッドサイドに座った。

「こんにちは、矢部茂一さん。宗田道雄と申します。ご気分はいかがですか」

茂一はちらと宗田を見るが、答えない。

「父さん。先生にちゃんと返事をして」

好太郎が横から言うと、宗田医師が片手で制した。

「今日は息子さんたちが来てくれて、よかったですね。私は医者なので、調子の悪いところがあれば、何でも言ってください。腰は痛くありませんか」

茂一がときどき腰痛を訴えることは、前もって宗田医師に伝えてあった。答えを待つが、茂一は反応しない。好太郎は返答を促しそうになるが、宗田医師に止められているので我慢した。

「このお部屋はきれいですね。ここは施設ですけれど、お家に帰りたいですか」

「うん?」

茂一が不思議そうに首をひねる。好太郎はまた口をはさみたくなるが、ぐっと堪える。

宗田医師が気持を汲むように説明してくれた。

「お父さんは興味のないことには答えないけれど、関心があることには反応するみたいですね。その意味では、家に帰ることには興味があるようです」

「つまり、帰りたがってるってことですね。親父は自宅で介護できる状態でしょうか」

「必ずしも無理ということはないでしょうね」

「大丈夫ということですね」

性急に念を押す。宗田医師は静かに首を振る。

「大丈夫とは言えません。何が起こるかわかりませんから。無責任に聞こえるかもしれませんが、医療には不確定要素がつきものです。内科や外科の治療でさえそうなのですから、精神科では言わずもがなです」

泉が好太郎を押しのけるように前に出た。

「でも、検査をすれば、詳しいことがわかるんじゃないんですか。テストとか質問表みたいなものがあるのでしょう」

「矢部さんの今の状態では、テストはおそらく零点でしょうね。でも、零点だからといって、自宅介護が無理というわけではありません。零点にもいろいろありますから」

「じゃあ、CTスキャンとかで脳の萎縮を調べるのはどうです」

「それも同じです。萎縮が進んでいるから暴れるとはかぎりませんし、萎縮が軽いから介護しやすいというわけでもありません。本人の性格にもよりますし、周囲の対応によっても変わりますから」

「結局、義父は家で介護できる状態なんでしょうか。それとも考え直したほうがいいんでしょうか」

「やってみないとわからないですね」

微妙な判定だ。ここで腰が引けたら話が止まってしまう。好太郎はふたたび泉を押しのけるように前に出た。

「やりようによっては、うまくいく可能性もあるということですね」

「それはそうです」

「じゃあ、やってみよう。ダメだったら、また施設に帰らせばいいんだから」

好太郎が強引に泉を説得した。すかさず宗田医師にも念を押す。

「何か問題が起きたら、先生も相談に乗ってくれますよね」

「それは、まあ」

「ほら、先生もこう言ってくれてるんだし、頼むよ。僕に最後の親孝行をさせてくれ。この通り」

拝むように両手を合わせた。

「わかったわ。やってみないとわからないものね」

泉は自分を納得させるようにため息を呑み込んだ。好太郎は合わせた手を拳に変え、ガッツポーズを取った。その横で、宗田医師が不安と困惑の混じった複雑な苦笑を浮かべていた。

4

好太郎は書斎から調度を運び出し、ケアマネの水谷と相談して、電動式の介護ベッドをレンタルで入れた。おしめやディスポのゴム手袋、防水布など介護用品一式を購入し、パイプ製の物品棚に収納した。茂一が退屈しないように、液晶テレビも備え、音楽が聴けるようにCDプレーヤーとヘッドホンも用意した。茂一は身体の麻痺はないが、認知症で生活全般に介護が必要なため、要介護度は4。介護サービスの利用にはまだ余裕があるので、ゆくゆくはデイサービスやショートステイも使うつもりだ。

介護休業は取りあえず六十日で申請した。日之出総合研究所では前例のないことで、部長には出世に響くこともあり得ると軽くおどされたが、好太郎は意に介さなかった。管理職になるより、現場に携わっているほうがいいと思ったからだ。

よろこびの郷にも退所の意向を伝えた。施設長には「勝手なことをして申し訳ありません。決してこの施設に不満があるわけではないんです」と、丁重に断りを入れた。五十代の女性施設長は理解を示し、「親孝行でいらっしゃいますね。頭が下がります」と応じてくれた。フロアのチーフヘルパーは、具体的な介護の注意点を教えてくれた。

「お風呂は週に二回くらいでいいんじゃないですか。温タオルで身体を拭いてあげるだけでも、きれいになりますから」

排泄はトイレ誘導でうまくいくときもあるが、夜はおしめが必要で、交換はヘルパーに頼めばいいとのことだった。最近はおしめも改良されて、夜用は数回分の尿を受け止めるものもあるらしい。

その足で父の居室に行くと、茂一はベッドの上に座ってぼんやりと窓の外を見ていた。

「父さん、変わりない？」

顔をこちらに向けるが、返事はない。またゆっくりと窓のほうを向いてしまう。

「矢部さん。息子さんからいいお話があるみたいですよ」

チーフヘルパーが言うと、ふたたびこちらを向くが、表情はなく、言葉を理解しているのかどうかもわからない。

好太郎は父の顔を正面から見つめ、改めてその奇妙さにたじろいだ。茂一はもともとハゲ頭で、髪は後頭部と耳の上あたりにしか残っていないが、認知症の悪化にともなって、徐々に頭頂部がとんがってきた。額が斜めに傾斜し、側頭部もすぼまっている。むかしに映画で観たコーンヘッドのようだ。顔も全体にしょぼくれた感じで、頬がこけ、下まぶたがたるみ、眉毛には白髪が混じっている。

この先、自宅でうまく介護ができるだろうか。一抹の不安がよぎったが、好太郎は自分を鼓舞するように言った。

「父さんに使ってもらおうと思って、部屋をひとつ空けたから、うちに帰って来てほしいんだ」

反応はない。チーフヘルパーが茂一の耳元に顔を近づけ、ささやくように言った。

「息子さんがね、もうすぐ、家に、連れて帰ってくれるそうよ」

「知っとる」

茂一が大きな声で言った。好太郎は思わず身を乗り出す。

「知ってるって? 父さん、僕の家に来ることがわかってたの」

茂一の口から意味のある言葉を聞くのは久しぶりだ。ふだんは「あー」とか「オロロロロ」とか、赤ちゃんの喃語(なんご)のような発声しかない。

「今、『知っとる』って言いましたよね」

チーフヘルパーに確認する。

「矢部さんが言葉をおっしゃるのは何日ぶりかしら。やっぱりお家に帰るのが嬉しいんですよ」

「よしっ」

好太郎が例によってガッツポーズを取ると、茂一は首を傾げ、突然、「ウハハハハ」と笑い声をあげた。好太郎もつられて笑う。

「父さん、何がおかしいの」

明るく聞いたが、茂一はもとの無表情にもどって、そのまま沈黙した。

5

退所の日、迎えには好太郎と泉だけでなく、水谷も同行してくれた。

一階のロビーから玄関を出ると、施設長やチーフヘルパーをはじめ、十人ほどの職員が見送りに来てくれた。

「矢部さん、おめでとう」

「これからはご家族といっしょですね。どうぞ、お元気で」

茂一は職員たちに見向きもせず、好太郎に片腕を支えられて前のめりの足取りで車に近づく。

「気持はすっかりお家に向かってるようね」

施設長が言うと、みんなが笑った。

職員たちに礼を述べ、茂一を助手席に座らせて、シートベルトを装着した。

「出発するよ」

発進すると、茂一はゆっくりと首をめぐらせて、玄関で手を振る職員たちを見た。

「やっぱりわかってるんですよ」

後部座席の水谷が言い、好太郎もそうであってほしいと願った。

午後の道路は空いていて、マンションまでの道のりはスムーズだった。車を二階の駐車場に入れ、助手席側にまわって扉を開けると、茂一は素直に車の外に出た。

好太郎はチーフヘルパーに習った通り、横から茂一の肘を持って、ゆっくりと誘導した。四人でエレベーターに乗り、八階まで上がる。

茂一は緊張しているのか、虚空を見つめたまま、わずかに上体を揺すっていた。何が起こるかと心配したが、トラブルなしに帰ってこられた。案ずるより産むが易しだ。

玄関の扉を開けて、茂一を迎え入れながら、好太郎はにこやかに声をかけた。

「父さん、お帰り」

6

好太郎が靴のマジックテープをはがすと、茂一は自分で靴を脱いで部屋に上がった。水谷は次のケアマネの仕事があるとのことで、茂一がマンションにたどり着いたのを見届けると帰って行った。

「お義父さん、こちらです」

泉が先導して、書斎を改装した介護部屋に案内する。茂一は戸惑ったようすで部屋に入り、異国に拉致された人のようにおどおどと首を巡らせた。

「これからここで生活するんだよ。介護は僕がするから心配しないで」

好太郎は茂一の背中に手をまわして一人掛けのソファに座らせた。

「横になりたかったらベッドを使っていいからね。電動ベッドで背もたれが持ち上がるんだ。上げるときはこのボタンを押して」

手すりからリモコンを取って説明するが、茂一は見ようとしない。好太郎はあきらめて、もとにもどす。

「動かすときは僕に言ってくれたらやるから。それからトイレはこれを使って」

介護用品店で買ったポータブルトイレを開けて見せる。手すりと背もたれのついた椅子型のタイプだ。

「夜はおしめを使うから、昼間だけだね。紙パンツを用意してるから、オシッコは間に合わなかったらパンツの中にしても大丈夫。このトイレを使うのはウンコのときだね。よろこびの郷でも使ってただろ。出そうになったら呼んで。手伝うから」

茂一はぼんやり見ながらときどきうなずくが、説明を理解しているのかどうかはわからない。泉が好太郎をたしなめた。

「そんなに一度に言ってもわからないわよ。ねえ、お義父さん」

泉の呼びかけに、茂一は驚いたように目を開いて笑みを浮かべる。

「わたしの言うことはわかるみたいね。飲み物を用意してくる」

泉はどこか誇らしげに、キッチンへ出て行った。好太郎はトイレのふたを閉め、ふだんは椅子としても使えることを言い添えたかったが、我慢した。宗田医師も言っていた。家族はついついやりすぎてしまうのだと。

泉がヤクルトとコップを小盆に載せてもどってきた。ヤクルトは茂一のお気に入りだと、よろこびの郷で言われたので、あらかじめ買い置きしてあったのだ。

「このままでいいのかしら。それともコップに移したほうがいいのかな。よろこびの郷ではどうしてたの」

「さあ」

「頼りないわね。とにかく飲ませてみましょう」

飲み口のシールを剝がして差し出すが、茂一は飲もうとしない。

「やっぱりコップに入れたほうがいいんじゃないか」

好太郎がコップに移して勧めるが、やはり手を出そうとしない。

「のど、渇いてないのかな」

「そんなはずないでしょう。施設を出てから何も飲んでないんだから」

「じゃあ、施設に聞いてみる」

泉が止める間もなく、好太郎はスマホを取り出して、よろこびの郷のチーフヘルパーに電話をつないでもらった。状況を説明すると、答えはすぐに返ってきた。

「飲み口にストローを刺すんだって」

「そんなこまかいことで、いちいち電話するのはどうかと思うな」

「君が頼りないとか言うから……」

言い返しかけたが、好太郎は口をつぐんだ。これから長い介護がはじまるのだ。こんな些細なことで言い争っていては話にならない。

泉がストローを持って来ると、茂一はヤクルトを一気飲みした。

口元をタオルで拭った泉が、「あら」と茂一の鼻の下をのぞき込んだ。小さなオデキができている。

「痛くないのかしら」

「医者に見せなくても大丈夫かな」

好太郎が触ろうとすると、茂一がその手を払いのけた。

「ニキビみたいなものだから、絆創膏でも貼っとけばいいんじゃない」

泉に言われて、好太郎はリビングの救急箱からカットバンを持ってきた。

「ニキビは青春のシンボルって言うけど、こんな歳になってもできるんだな。ニキビもボケてまちがえたとか」

冗談めかして言ったが、泉はクスリともしない。好太郎はカットバンの裏紙を剝がした。

「父さん。鼻の下に絆創膏を貼るから動かないでね」

貼ろうとすると、茂一がうなずく。カットバンが鼻の上にずれてしまう。

「うなずくと貼れないから、じっとしてて」

新しいカットバンを出して手を近づける。

「いい？　貼るよ」

貼ろうとするとまたうなずく。

「だから、動かないで」

茂一は目を見開き、じっと好太郎を見ている。好太郎も目を逸らさず、ゆっくりと手を近づける。貼る瞬間、「動いちゃだめだよ」と言うと、また首を縦に動かす。

「もう。なんでうなずくの」

「あなたが動くなって言うからじゃない」

「じゃあ、君が押さえてくれよ」

泉が横から顔を固定すると、茂一はそれを嫌がって大きく横に振った。

「だめだ。これじゃ貼れない」

「いいんじゃない。化膿してくるようなら、病院に連れていきましょう」

絆創膏ひとつ貼るのも容易じゃないなと、好太郎はため息をついた。

7

初日の夕食は甘口のカレーにした。これもよろこびの郷で好物だと聞かされていたメニューだ。

ベッドに座らせて背もたれを立て、オーバーテーブルを食卓代わりにした。自分で食べようとしないので、好太郎がスプーンで食べさせると、意外にスムーズに食べた。ついでに野菜サラダも用意してあったが、こちらは一口食べてペッと吐き出したのであきらめた。とにかく無理をしないこと。それが宗田医師から学んだ介護の基本だ。

食後もしばらく部屋にいたが、テレビをつけるとおとなしく見ているので、好太郎は自分の食事のためにダイニングにもどった。

「ご苦労さま。わたしたちも夕食にしましょう」

泉が茂一のとは別の鍋で作った辛口のカレーをテーブルに運んできた。好太郎は缶ビールのロング缶を開ける。

「お義父さん、どれくらいわかってるのかしら。ここが施設じゃないことは理解してるんでしょうね」

「そりゃそうだよ。でなきゃ苦労する意味ないじゃないか」

泉の気持に先まわりして応える。

「お義父さん、何か言ってた?」

「いや、何も」

カレーを食べさせながら、「おいしい?」とか、「水を飲む?」とか何度も声をかけたが、茂一は一度も答えなかった。それでもスプーンを近づけると大きな口を開け、飲み込んだあとはどこか満足そうだった。

焦ってはいけない。まだ、今日移ってきたばかりなのだからと、好太郎は自分に言い聞かせた。

食事が終わったあと、好太郎は裕次郎に電話をかけ、無事に茂一を引き取ったことを告げた。裕次郎も安心したようで、休みが取れたら近いうちにようすを見に行くと言った。

好太郎は食卓にもどって、改まった調子で泉に言った。

「今日はありがとう。なんとか初日が無事に終わってほっとしてるよ」

「まだ、一日は終わってないわよ」

「でも、宗田先生の講演で聞いた通りにすれば、きっとうまくいくと思うんだ。先生も言ってたけど、家族は無意識のうちにいろいろ期待してしまうんだって。世話をしてるんだから、少しは感謝してほしいとか、こっちの苦労もわかってほしいとか。それが叶えられないと不機嫌になって、高齢者にきつく当たってしまう。すると、相手も不愉快だから関係が悪くなる。はじめから期待しなければ、失望することもないってことだよ」

「わたしは別に期待なんかしないわ」

「無意識にやってしまうんだよ。それと、感情的にならないこと。認知症の人はいろんなことを失敗するのが当たり前なんだ。いちいち腹を立ててたら、いい介護なんかできっこないだろう」

「でも、イラッとすることもあるでしょう」

「それは心の準備が足りないからさ。はじめから失敗すると想定しておけば、気持も乱れない。食べ物をこぼすとか、トイレを失敗するとか、変なことを口走るとか、あらかじめどれだけ想定できるかが、介護のレベルに直結するんだ。認知症で当たり前に起こることに対して、嘆いたり怒ったりするのは賢明とは言えないだろう。僕は賢い介護をしようと思ってるんだ。クレバーじゃなくて、ワイズのほうな。ワイズ・ケアだ」

好太郎は自分で納得したようにうなずくが、泉は口元を結んだまま首を傾げた。

「なんだよ、反対なのか」

「反対じゃないけど、簡単にできるのかなって思って」

「大丈夫。親父には何も期待しないし、いろんなトラブルが起きてもいいように前もって心の準備をしておくから」

玄関の鍵が開いて、千恵が帰ってきた。予備校の授業を終えて、急いで帰ってきたようだ。

「ただいま。おじいちゃん、来てる？」

「介護部屋にいるよ。今、テレビを見てる」

茂一を引き取る話をしたとき、千恵はいやがるどころか、そのほうがぜったいにいいと賛成してくれた。もともと千恵はおじいちゃん子で、小学生のころは水族館や博物館に連れて行ってもらい、中学一年のときは数学の家庭教師をしてもらっていた。茂一がよろこびの郷に入所してからも、ひとりで面会に行くこともあったくらいだ。

「挨拶してくるね」

自分の部屋に鞄を置くと、着替えもせずに茂一の部屋に行った。

「あの子は優しいな。僕似でよかったよ」

「また自分ばっかりいいように言う」

矢部家でお決まりの冗談を言うと、泉も表情を緩めた。好太郎が続ける。

「すぐには無理だろうけど、自宅で介護してれば、親父もきっと少しはよくなると思うんだ。認知症はまだ解明されてないことが多いらしいけど、基本は人間の反応だからね。気分がよければ頭の調子もよくなるだろう」

同意してくれるかと思いきや、泉は冷静な声で返した。

「あなたね、それが期待してるってことじゃないの。まさに無意識ね」

好太郎は言葉に詰まり、しどろもどろに反論する。

「いや、僕が言ってるのは希望だよ。つらい介護を続けていくには、心の支えがいるだろう」

「希望も期待も似たようなものだと思うけど」

「ちがうよ。期待は具体的に目の前のものにするもので、希望はもっと抽象的で、将来に関わることで……」

好太郎が苦しい説明をしていると、介護部屋の扉が開いて、千恵が飛び出してきた。

ていた。

何事かと、好太郎はまず悪い事態に心の準備をする。しかし、千恵の顔は喜びにあふれていた。

「おじいちゃんがわたしの名前を呼んだ！」

「ほんとか」

思わず立ち上がる。泉も驚いたように目を見張る。

「おじいちゃんがわたしをじっと見るから、だれだかわかるって聞いたら、チ、エ、って言ったの。つぶやくようだったけど、はっきり聞こえたよ」

「すごい。さっそく効果が現れたんだ」

好太郎はあたふたと介護部屋に向かった。千恵と泉もついてくる。

「父さん。千恵の名前がわかったんだって。すごいじゃないか」

いきなり三人が押しかけたので、茂一はびっくりした顔で毛布の端を握りしめた。

「驚かしてごめん。でも、千恵のことがわかったんだね。よかった。じゃあ、僕のこともわかるかな」

目を輝かせて顔を突き出す。茂一は救いを求めるように泉と千恵を見る。

――名前を聞くのもよくないです。答えられないと高齢者は傷つきますから。

宗田医師の言葉が頭に浮かんだが、自分を抑えられない。孫の名前が出たんだから、息子の名前も出るかもしれない。

好太郎が息を詰めて待つと、泉と千恵も茂一に熱い視線を送った。

「僕だよ。ほら、息子の……」

顔を指さして答えを促す。茂一の口が尖り、好太郎の「こ」の音が出そうになる。好太郎は、うん、うん、とうなずく。頑張れ。好太郎は無言の声援を送る。

・五秒、十秒……。

緊張の時間が流れる。

茂一は異様な雰囲気を感じてか、肩に力を入れて身体を強ばらせる。突然、顔が白くなり、胸が大きく波打った。

「こぉ、お、げっ」

「何？　何て言った」

好太郎が聞き返すと同時に、茂一は口から黄色い液体を吐き出した。

「ヤバイッ」

好太郎が飛び退き、泉が素早く物品棚からペーパータオルを取って、茂一の口元に当てた。カレーと胃液の酸っぱいにおいが広がる。

「お義父さん、大丈夫ですか。千恵、お水を汲んできてちょうだい」

千恵と泉が見事な連携プレーで茂一に水を飲ませる。好太郎は自分も何かしなければと思うが、あたりを見まわすばかりで、身動きが取れない。

泉が汚れた毛布カバーをはずし、千恵が洗濯機のところへ持っていった。好太郎は新しい毛布のカバーを出そうと思うが、どこにあるのかわからない。泉がもどってきた千恵に指示して、タンスの下の引き出しからカバーを取り出し、手早くつけ替えた。

茂一が疲れたように目を閉じたので、ベッドの背もたれを倒して、テレビと部屋の明かりを消した。

リビングにもどって、ソファに腰を下ろした好太郎に泉が言った。

「お義父さん、ストレスで吐いたんじゃない。無理に名前を言わそうとしたから」

「別に無理にしたわけじゃない」

好太郎は不機嫌そうに顔を背けた。

「ちょっと功を焦りすぎたわね」

泉がため息をつくと、好太郎は娘をチラと見て言い訳がましく言った。

「千恵が名前を呼んだって言うから、つい聞いてしまったんだよ。だけど、ほんとうに名前を言ったのか。意味のない声を聞きちがえたんじゃないか」

「ほんとに、チ、エって言ったんだもん。聞きちがえるわけないじゃん」

千恵も口を尖らせる。好太郎は仏頂面で腕組みをする。

それを見て、泉があきれたように肩をすくめた。

「期待をしないのも、感情的にならないのも、やっぱりむずかしいようね」

8

翌朝、午前八時ちょうどにインターホンが鳴り、水谷がヘルパーとやってきた。今日が初日なので、ヘルパー業務の確認と紹介を兼ねて同行してきたという。ヘルパーは若い男性だったので、好太郎はちょっと意外な気がした。ヘルパーは女性と勝手に思い込んでいたからだ。

「おはようございます。もえぎ介護支援事業所の山村肇（はじめ）さんです」

水谷が笑顔で紹介したが、好太郎は不安で顔が引きつった。山村はやせていて表情に乏しく、全体に覇気がなかった。年齢は三十前のようだが、ヘルパー歴が長いようにも見えない。それまでいろんな職場で馴染めず、仕方なく介護業界に入ってきたという感じだ。

「男性のヘルパーって珍しいですね。しかも、若そうだし」

水谷に言うと、顔の前で手を振った。

「そんなことないですよ。最近は男性も増えてます。山村さんはもえぎ介護支援事業所の期待の新人なんです」

やっぱり初心者か。好太郎は不安と落胆を募らせる。水谷が昨日のことを訊ねた。

「あれから茂一さん、いかがでしたか」

「特に問題はなかったです。夕食はカレーにしたんですが、うまく食べてくれました」

あとで吐いたことは言わずにおいた。さらに続ける。

「娘が帰ってきて顔を見に行ったら、名前を呼んだみたいで」

「それはすごいですね。やっぱりご家族がいっしょだと、いい効果があるんですね」

「まあ、たまたまだと思いますけど」

なぜか負け惜しみの口調になる。

「それじゃ、茂一さんの部屋に行きますね」

水谷は山村を連れて奥へ通った。好太郎も着いていく。水谷がベッドサイドに行き、笑顔で話しかけた。

「茂一さん。おはようございます。息子さんの、お宅に、帰って来られて、よかったですね」

ゆっくり言葉を句切る口調だ。茂一はベッドに寝たまま、例によって驚いたように目を見開く。何度かうなずいたので、水谷のことはわかっているようすだ。

「今日から、茂一さんの、お世話をしてくれる、山村さんです」

水谷が紹介すると、山村は一歩前に出て、低い声で挨拶をした。茂一が目線を動かさないので、好太郎が横から「ヘルパーさんだよ」と、少し苛立った声をかけた。

水谷は山村を促して、物品棚の確認からはじめた。足りないものはなさそうだ。湯を使うというので、山村を洗面所に案内した。

ポリバケツに湯を汲む間、好太郎が訊ねた。

「山村君はヘルパーになって、どれくらいなの」

「四カ月です」

まったくの新人というわけではなさそうだ。

「ヘルパーになったきっかけというか、動機みたいなものはある？」

「ハローワークで紹介してもらって」

そうなのかと、少々がっかりする。人の役に立ちたいとか、高齢者と接するのが好きだとかいう模範的な答えを期待したのがまちがいだった。

湯を持って部屋にもどると、水谷が茂一のふとんをめくり、パジャマのズボンを下ろしていた。開かれたおしめに粘土のような便がへばりついている。

うっ。

好太郎は思わず口元を手で押さえた。窓は開いているが、きつい臭気が籠もっている。山村はバケツをベッドの下に置き、ディスポのゴム手袋をはめて、便を包み込むようにおしめをかぶせた。ペーパータオルを濡らし、股を割って肛門と尻についた便を拭い去る。彼は鼻をつまむでもなく、淡々と作業を続けていた。臭くないのだろうか。それとも、嗅覚が鈍いのか。離れたところから見ながら、好太郎は感心するような、疑うような気持で眉をひそめた。

水谷が新しい介護シートを敷くと、山村はセッケンを泡立てて、茂一の陰部を洗いはじめた。垂れ下がった陰嚢と性器を持ち上げ、白髪の陰毛もていねいに洗う。これまでじっくり対面したことのない父親のその部分を目の当たりにして、好太郎は複雑な思いに駆られた。

――自分もいずれはこうなるのか。

洗い終わると、山村は洗剤の空きボトルに入れたぬるま湯でセッケンを洗い流した。乾いたタオルで拭き、昼間用の紙パンツをはかせる。

水谷が汚れ物をゴミ袋に入れている間、山村は洗面器に湯を汲んできて、茂一の顔と頭を温かいタオルで拭きはじめた。

「おあーっ」

茂一が大きな声を上げ、好太郎は思わず身を引く。山村は動じずゆっくりと額から頭頂部の皮膚を温タオルで拭っている。気持がいいのか、茂一は「グフッ、グフッ」と奇妙な笑い声を洩らす。

パジャマを脱がせ、普段着に着替えさせると、ちょうど一時間になった。

「今日は初日なので時間がかかりましたが、慣れればここまで四十分くらいでできます。

よければ朝食の介助もしますが、どうしますか」

水谷に問われて泉に聞くと、粥の用意をしているとのことだった。盆に載せて運んでくると、まず水谷が手本を見せるように、スプーンで茂一に食べさせた。さすがに要領よく、副食の煮物や炒り卵も取り合わせて、上手に食べさせる。茂一から目を離さずに、山村に言う。

「食事介助のポイントは、誤嚥させないことがいちばんよ。その次に熱いもので火傷させないとか、丸呑みしないようによく噛むとかに注意してね。じゃあ、やってみて」

山村が水谷と交代する。食事介助は慣れていないのか、おっかなびっくりの手つきだ。昨夜、うまくカレーを食べさせた好太郎は、オレのほうがうまいんじゃないかと焦れったくなる。

山村がスプーンを持つ手を止めて、水谷に言った。

「茂一さん、自分で食べられるんじゃないですか」

スプーンを持たすと、茂一は手を震わせながら粥をすくって、自分の口に運んでいった。

「調子がいいときは大丈夫みたいね。時間はかかるけど、自分で食べられたらそれがいちばんだから」

見ていると、茂一は炒り卵や塩昆布にも手を伸ばす。三分の二ほど食べて、スプーンを置いたので、朝食はそれまでにした。

時計を見ると九時半を過ぎていた。三十分の延長だ。半分、研修のようでもあったが、山村は見かけによらず、案外、頑張ってくれるかもしれない。

好太郎は少しほっとして、水谷が差し出した書類に印鑑を押した。

9

それから数日は、比較的平穏にすぎた。茂一は家の中をうろつくこともあったが、好太郎が付き添うと、特に問題を起こすことなく介護部屋にもどった。

山村が来た翌日には、別のヘルパーが来た。佐野美津子という五十代の女性で、こちらはヘルパー歴二十年のベテランだった。山村とは一日交替で、日曜日以外の三日ずつ来てくれるように、水谷がケアプランを組んでくれた。

好太郎は父の介護を失敗しないように、宗田医師の講演で学んだ基本方針を今一度、自分に確認した。

第一に、認知症を治したいとか、これ以上悪くしたくないとか思わないこと。

第二に、感謝と敬意の気持をもって介護すること。

第三に、認知症ではいろいろな問題が起こるのが当たり前なので、あらかじめ心の準備をしておくこと。この三点だ。

介護する側が感情的になるのは、心の準備ができていないからだ。宗田医師が講演で上手に説明していた。

――みなさん、待ち合わせのとき、自分は時間通りに行っているのに、相手が遅れたらムカつくでしょう。五分遅れただけでも不愉快になりますよね。それは相手も時間通りに来ると無意識に思っているからです。そういうときには、こう考えておけばいいんです。あいつのことだから、どうせ十分くらい遅れるだろうとね。そうすると、五分遅れで来ても、思ったより早いなと気分がよくなる。同じ五分の遅刻でも、心の準備があれば感情的にならずにすむんです。

その通りだ。だから父の介護でも、いろんな問題が起こるとあらかじめ想定しておけばいい。たとえば、と好太郎は考える。いちばんひどいトラブルは何か。やっぱり弄便(ろうべん)だなと顔をしかめる。認知症になると、自分の便を壁になすりつけたり、タンスにしまいこんだりする人がいるらしい。想像しただけで吐きそうになる。しかし、山村は初日から便の処置を淡々とこなしていた。あとで聞くと、鼻で息をしなければいいのだと教えてくれた。

前に、水谷も介護で困ることの話の中で言っていた。

――おしめをつけていても、便が出たままになっていると気持悪いので、手を突っ込む人がいるんです。その手であちこち触るので困るんです。便を取り出して丸めたり、口に入れたりする人もいます」

それを聞いたとき、好太郎は青くなって、脳貧血を起こしそうになった。もしも茂一が弄便をはじめたらどうするか。まず本人を風呂場に誘導して、汚れた手を洗わなければならない。しかし、誘導するときにつかまれかけたらどうするか。当然、逃げなければならない。だが、逃げていては手を洗えない。ほかを触られると、ますます掃除の箇所が増える。だから早く風呂場に連れて行かなければならないが、便だらけの手をうまくかわせるのか……。

リアルに思い浮かべると、好太郎は呼吸が切迫して、こめかみに冷や汗が滲んだ。弄便に対する備えは、自分にはヘビーすぎる。ほかにも考えなければならないこともあるのだからと、好太郎はいったん心の準備を中止した。

新鮮な空気が吸いたくなり、リビングからベランダに出た。目の前には東京の街が広がっている。空はきれいな秋晴れで、都会には珍しい抜けるような青空だ。

好太郎は基本方針の第一に立ち返った。要は現実を受け入れるということだろう。認知症を治そうとせず、ありのままを受け入れることではじめて、本人もリラックスできる。

(俺は、親父の認知症を治したいとは思っていないぞ!)

好太郎はベランダから青い空に向かって自分に言い聞かせた。

（そんなこと、ぜんぜん思っていない。俺は現実を受け入れる。親父の認知症も、今のままでいいと思っている）

胸の内で繰り返すと、どこかで別の声が聞こえた。

（嘘だ。自宅で介護すればむかしの父が帰ってきて、また息子を思い出してくれるんじゃないかと思ってるだろ。正直になれ）

（いや、それがいけないんだ。宗田先生も言ってたじゃないか。期待するから失望するんだ。おまえががっかりしたら、親父にもそれは伝わるぞ）

（わかっている。だけど、できたらもう一度、自分の名前を呼んでほしい。そうすれば親父に謝れる。つらいときに傷つけて悪かったと言って、許してもらいたいんだ）

（それはおまえの自己満足だろ。初日の晩、無理に名前を言わそうとして、親父が嘔吐したのを忘れたのか。あれは泉が言った通り、ストレスにちがいない。その証拠に、あれ以来、親父はもどしたりしないじゃないか）

好太郎の脳裏で、天使と悪魔のようなやり取りが繰り返された。考えているだけで疲れ、前屈み（まえかが）に手すりにもたれる。認知症を治したいと思ってはいけないのはわかるが、父に自分のことを思い出してほしいという気持も消しがたい。

（これは希望だ）

ふと、苦し紛れに言った解釈を思い出す。期待はだめでも、希望ならいいだろう。その境目は曖昧だが、好太郎にはもうそれ以上、考える余力がなかった。

10

翌日の朝は佐野が当番だった。

彼女は黙々と仕事をするタイプで、好太郎はどことなく近寄りがたいものを感じた。別に不機嫌ではなさそうだが、まったくと言っていいほど愛想がない。介護の参考にするため、ヘルパーの仕事ぶりを見せてもらうことにしていたが、山村には気軽に話せるのに、佐野には声をかけづらかった。

それでも遠慮していては、距離が縮まらない。好太郎は仕事の邪魔にならないように気を遣いながら、お愛想を言ってみた。

「佐野さんは仕事が早いですね」

返答なし。見向きもせずに茂一のおしめをはずしにかかる。尿はたっぷり出ているようだが、便は少ししか出ていない。佐野は濡れティッシュでさっと拭き取り、介護用のシートを敷いて、ぬるま湯で肛門とその周囲を洗いはじめた。まったく無駄のない動きで、無表情の横顔はまるでアンドロイドのようだ。

好太郎はふと思いついて、もう一度声をかけた。

「ちょっと聞きたいことがあるんですが」

「何でしょう」

振り向きもせずに問い返す。好太郎はめげずに続ける。

「佐野さんは、弄便をする人の介護ってしたことあります?」

「何度もあります。それが何か」

「いや、話には聞いてるんですけど、実際はどんなのかなって思って」

佐野は乾いたタオルで茂一の会陰部(えいんぶ)を拭きながら答えた。

「便をこねたり、そこらになすりつけたりですね。食べてしまうこともあります」

また不快の塊が胸に込み上げる。

「家族は驚くでしょうね」

「たいていは絶望します。一日に何度も繰り返すこともあって、そういうときはご家族は精神的に崩壊しますね」

表情がないだけでなく、声にも抑揚がない。好太郎は敢えておどけたように言ってみる。

「おどかすようなこと言わないでよ」

「別におどかしているのではありません。排泄は介護でもっとも過酷なテーマです」

汚れ物を始末すると、佐野は茂一に紙パンツとジャージのズボンをはかせる。続いて温タオルで顔と頭を拭きにかかる。

「実際に見たらショックだろうな」

好太郎がつぶやくと、佐野は作業を続けながら過去の経験を語った。

「おしめから便を取り出して、そこらにぽんと置く人とか、便を握ったまま寝ている人もいます。髪の毛に便をつけている人、入れ歯に便がこびりついた人、おへその中に便が固まってカチカチになっている人もいました。あるご家族は、毎朝、悪臭で起こされ、どこに便があるのか全員でさがすことから一日がはじまるという状態でした。たいへんなのは便だけではありません。尿も手強いです。身体を洗って着替えさせようと思ったら、顔に尿をかけられたこともあります。高齢者は括約筋が弱っているので、出はじめたら途中で止められなくて、膀胱(ぼうこう)が空になるまで出続けます。認知症になっても、排泄のときは下着をおろすことだけは覚えていて、せっかくおしめをしているのに、わざわざはずして廊下や畳に放尿する人もいました。ベッドに大量の尿を洩らして、びちゃびちゃの足で歩きまわるので、部屋中にきつい尿臭が充満している家もあります。玄関を開けたとたん、文字通り鼻が曲がるような尿臭に襲われることもあります。そういう糞尿屋敷に暮らしていると、ご家族も嗅覚が麻痺してしまい、便臭尿臭がわからなくなります。一日中、便と尿の掃除に明け暮れ、身体が動かなくなる人や、精神的なエネルギーを使い果たして、抜け殻のようになるご家族もいます」

なんとも凄まじい状況だ。

「そんなときは、どう対処すればいいんですか」

「まずは怒らないことです。本人は便を汚いと思っていませんから、怒られても理由がわかりません。息子さんが介護している場合は、ついカッとなって暴力を振るうこともあるんですが、そうなると、たいてい介護は破綻します」

人ごとではない。そうなっては何のために父を引き取ったのかわからない。

顔と頭を拭き終わると、佐野は茂一のパジャマの上を脱がせて、シャツを着せる。動きは止めずに、淡々と続ける。

「対処法はいろいろあります。排便のパターンを把握してトイレ誘導をするとか、おしめに手を入れられないようにつなぎの服を着せるとかです。下剤でタイミングをコントロールする場合もあります。ですが下痢になることもあるので要注意です。便秘ぎみの人は逆に楽ですね。でも、どうして弄便のことなんかを?」

佐野はそこではじめて手を止め、好太郎に視線を向けた。

「いや、これからそういうこともあるかなって、心の準備をしておこうかなと」

「ご立派ですね。なかなかできないことです」

無表情は変わらないが、きっちり目を見て言ってくれた。

好太郎は少し照れ、ついでに思いついたことを口にした。

「便秘がいいのなら、前もって下痢止めをのませたらいいんじゃないですかね」

「そういうことは聞いたことがありません」

佐野はふたたびぶっきらぼうな調子で言い、作業にもどった。


佐野が朝食の介助まで終えて帰ったあと、茂一はベッドの背もたれを起こしたまま、テレビを見はじめた。好太郎はダイニングにもどって自分の朝食を摂った。泉は先に食べ終え、千恵は高校に行ったようだ。

コーヒーを飲みながら朝刊を読んでいると、茂一のようすを見にいった泉が、足音を立ててもどってきた。

「どうした」

腰を浮かせて聞く。

「お義父さんが今、おはようって言った」

「何っ」

好太郎は新聞をバサッと倒し、介護部屋へ行った。泉もいっしょだ。

「父さん、泉におはようって言ったのか」

茂一は例によってびっくりしたような顔で目を見開き、好太郎と泉を交互に見る。

「お義父さん、言いましたよね。オハヨって」

「僕にも言ってよ。おはようって。な、父さん」

せっつくように言うと、茂一は口を尖らせ、唇を震わせはじめる。

「また吐くんじゃない」

泉が物品棚のペーパータオルに手を伸ばす。好太郎は慌てて身を引き、両手で茂一を制した。

「わかった。言わなくてもいい。父さんはそのままでいいから」

取ってつけたように微笑む。茂一は安心したのか、口の力を抜いた。

好太郎は泉とともにリビングにもどった。食卓について、不満そうに言う。

「どうして君に挨拶して、僕にはしないんだ」

「たまたまよ」

「わざとじゃないのか。千恵のときだってそうだろ」

「そんなことないって。あなたは期待しすぎるのよ。わたしは何気なく、おはようございますって声をかけただけなんだから」

そう言われても、好太郎の気持は治まらなかった。

11

最初のトラブルは、茂一を自宅に引き取ってから一週間目に発生した。

その日、ヘルパーは山村が当番で、朝食の粥を七割ほど食べさせて、特段の問題もなく帰っていった。好太郎は介護部屋のテレビをつけて、ダイニングにもどった。

ここまではいつもと変わらない。新聞を読みながらトーストを食べていると、泉がリビングから出て行った。トイレだろうと気にも留めなかったが、いったんトイレのほうへ行ってから、介護部屋に向かう気配がした。そのままもどってきて緊迫した声で言った。

「お義父さんいない」

「えっ」

「トイレに籠もってるみたい」

入ってるではなく、籠もってると泉は言った。それまで茂一は昼間は誘導でポータブルトイレを使い、夜はおしめで順調に排泄をこなしていた。家族が使うトイレで用を足したことはない。

「ふつうのトイレを使いたくなったんじゃないか」

好太郎が楽観的に言うと、泉は首を振った。

「鍵をかけて、出られなくなったのよ。中でウロウロしてるもの」

トイレの扉には菱形の磨りガラス窓がついていて、そこに影が映るのだろう。好太郎が見に行くと、たしかにトイレは鍵がかかっていた。

「父さん、トイレを使ってるの？」

応答はない。ノックをしても反応がない。

「泉がトイレを使いたがってるから、出てくれないかな。鍵の開け方、わかるだろ」

「わかるかしら」

横から泉が声をひそめる。

「自分でかけたんだからわかるだろ。父さん、鍵を開けてくれる？　僕もトイレを使いたいからさ」

呼びかけるが、返答はない。泉は切迫してきたのか、モジモジしはじめる。

「父さん、鍵はドアノブの下だよ。ここだよ、ここ」

鍵のツマミのある場所をノックして報せる。やはり反応はない。

「あのね、ドアノブの下に金属のツマミがあるだろ。わかる？　それを反時計まわりにまわすんだ。左まわし」

「早くしてよ」

泉がせっつく。好太郎はさまざまなトラブルに心の準備をしてきたつもりだったが、トイレへの立て籠もりは想定外だった。

「父さん、泉が待ってるから出てきてよ」

ドアノブを両手で揺するが、扉は開かない。泉が好太郎の後ろで行ったり来たりしはじめる。

「ちょっと、早く出てもらって。わたし、限界に近づいてる」

「今、言ってるだろ。ちょっと待ってよ」

「待てないわよ」

泉の声が尖る。好太郎も苛立つ。

「待てないって、どっちなんだ。大か、小か」

「小よ」

「ん……もう、それなら風呂場でしろよ」

「いやよ」

「じゃあ、父さんのポータブルを使えよ」

「いやだ、気持悪い」

「なら、となりで借りろ」

「そんなみっともないことできない。コンビニに行って借りる」

言うやいなや、泉は慌ただしくサンダルをつっかけて、玄関を出て行った。

「父さん、いい加減にしてよ。みんな困ってんだよっ」

扉を拳でドンと叩く。声に棘が混じっている。もう一度、叩きかけて、好太郎ははっと思いとどまった。怒ってはいけない。茂一は悪いことをしているつもりではないのだから。落ち着けと、自分に言い聞かせて、できるだけ優しく言った。

「大丈夫。怒らないから、出てきてくれる？　ね、父さんは悪くないから」

返事はない。

「父さん、そこにいるんだろ。気分が悪いの？　大丈夫かな。僕、心配だからちょっと鍵を開けてほしいな」

おもねるように言ってみるが、反応なし。

「出てきてくれたら、おいしいものをあげるよ。父さんの好きな甘いもの。コーヒーもいれてあげるから」

食べ物で釣ってもアタリなし。好太郎は深呼吸で気持を鎮め、もう一度、猫なで声で説得する。

「今、泉が外に行ったから、だれもいない。僕も向こうへ行こうか。そしたら出てきてくれる？」

扉に耳を寄せてようすをうかがう。カラカラと乾いた音がする。

「トイレットペーパーを使ってるの？　もう終わったんだね。お尻も自分で拭けるんだ。すごいじゃないか」

おだててもみるが、返答はない。いい加減、腹が立ってくる。しかし、感情的になってはいけない。優しく話しかけようと思うが怒りが込み上げる。無理やり抑えて、引きつった笑顔で言う。

「そろそろ、出てきたらどうかな。外はいい天気だよ」

自分でも何を言ってるかわからなくなる。

突然、中から声が聞こえた。

「何？　今、何て言った」

もしや名前を呼んでくれたのかと、いっそう耳を押し当てる。

「おっおー、おぉ、おおおおー」

意味のない歌のようだ。ふざけんな。人がこんなに我慢してるのに。思わず怒りの拳を握りしめる。

そこへ泉が帰ってきた。

「ただいま。どう、お義父さん出てきた？」

すっきりした顔でスナック菓子の袋を掲げる。

「トイレ借りるだけじゃ気が引けるから、ポテチ買ってきた」

「何しに行ったんだよ」

「あなた、ちょっと離れたほうがいいんじゃない。知らん顔してるほうが出てくるかも」

泉に肘を取られ、好太郎はリビングにもどる。腕組みをして、ソファに座ったとたん、尿意を感じた。

「ヤバイ。俺もトイレに行きたくなった」

「もう少し待たなきゃだめよ」

行けないとなるとよけいに行きたくなる。

「だめだ。急に催してきた」

「大なの、小なの」

「小だ」

「じゃあ、風呂場でしたら」

泉に勧めた手前、しないわけにはいかない。風呂場に向かいかけると、泉が背中に投げつけるように言った。

「するときはしゃがんで、排水溝に直接入れるようにしてね。でないと、においが籠もるから」

「そんな、女みたいな恰好でできないよ」

「立ったままだと飛び散るでしょ」

「シャワーで流しながらするから」

「だめ。じゃあ、お義父さんのポータブルを使いなさいよ」

ふと想像して、拒絶感に襲われた。ポータブルなんて使いたくない。

「なんとか親父に出てもらおう」

足音も気にせずふたたびトイレの前に立つ。扉を見ただけで怒りが込み上げる。

「父さん。僕もトイレを使いたいんだ。マンションにはトイレが一つしかないから、占領されたら困るんだよ」

反応はない。茂一がトイレに籠もってもう二十分以上たつ。好太郎がふと思いつく。

「そうだ。鍵は外から開けられるはずだ。コインを持ってきてよ」

泉に百円玉を持ってきてもらうと、好太郎は中腰になってドアノブの下にある非常解錠用の溝をまわした。

「あれ、空まわりする。どっかはずれてるみたいだ」

「鍵そのものを取りはずせない？」

「外にネジがないよ」

「わたし、ネットで調べてあげる」

泉はノート型パソコンを持ってきて、『トイレ、鍵、開かない』のキーワードで検索した。

「たくさん出てるわ。非常解錠用の溝はダメなのね。鍵の横に小さな穴はない？　そこを爪楊枝か千枚通しで押せば開くタイプもあるって」

「ないよ、そんな穴」

泉がほかの項目を順に調べる。

「早くしてくれ。僕も切迫してきた」

好太郎は中腰のまま膝をX字状によじる。

「扉の隙間にカッターナイフを差し込む方法も書いてある。ちょっと待ってね」

泉はリビングからカッターナイフを取ってきて好太郎に渡す。

「刃を扉の隙間に差し込んで、ラッチの上から少しずつ開ける方向に動かすって書いてある」

「ラッチって何さ」

「知らない。調べてみるね」

「早くしろよ。洩れそうだよ」

「そんなに急かさないでよ」

泉は余裕があるせいか、いやに動作が遅い。好太郎は全身をよじって答えを待つ。

「わかった。ラッチは鍵の本体というか、扉と柱を固定する部分みたいね。平面ラッチ、丸棒ラッチ、ロッドワイヤー用ラッチなんていうのもある」

「そんな大袈裟な鍵じゃないだろう」

「もっとわかりやすい説明があった。要するに鍵の飛び出す部分のことね。これをカッターナイフの刃で動かすわけよ」

「動かないよ。あ、刃が折れた。だめだ。もう我慢できない」

好太郎はカッターナイフを放り投げ、玄関に走った。この状況でもポータブルトイレを使うのには抵抗があり、コンビニへと向かったのだ。

下腹部を押さえ、祈るような気持でエレベーターを待ち、鼻息を荒くして地上に下りる。できるだけ平静を装い、向かいのコンビニでトイレを借りて、なんとか事なきを得た。

「ただいま。親父はどう?」

「まだ出てこない。あなた、何買ってきたの」

「とんがりコーン。さっきの百円で」

泉はリビングでテレビを見ていた。放っておいたほうが出てくると思ったのだろう。好太郎がトイレのドアノブをまわすと、扉は音もなく開いた。トイレの床一面に、トイレットペーパーがあふれている。茂一はいない。

「おい。親父いないぞ」

見に来た泉もトイレの状況に絶句した。二人で介護部屋に行くと、茂一は何事もなかったようにベッドで目を閉じていた。小さな寝息さえ立てている。

「親父が出たの、気づかなかったのか」

「ぜんぜん」

二人で顔を見合わせ、同時に深いため息をついた。

「先が思いやられるわね」

つぶやいた泉に、好太郎も同感だった。茂一の顔を見ると、どことなく満足したような表情が浮かんでいた。

12

その日の午後、好太郎は鍵の業者を呼んでトイレの鍵を調べてもらった。

業者が言うには、非常解錠用の装置とラッチをつなぐ部分がはずれていたらしい。しかし、それなら内側のサムターンをまわしても解錠できないはずだ。茂一はどうやって中から鍵を開けたのか。

「ふつうではあり得ないことです」

業者は首を傾げたが、ふつうではあり得ないことが起こるのが認知症の介護のようだ。風呂場と脱衣場も同じタイプの鍵だったので、念のため調べてもらったが、こちらは異状なかった。

鍵の問題はほかにも考えなければならない。いちばん困るのは、茂一だけが家の中に残って、玄関の扉が施錠されてしまうことだ。ドアノブの鍵は外出するときにキーを持って出ればいいが、中でU字ロックをかけられてしまうと入れなくなる。仕方がないので、U字の部分をガムテープで扉に貼りつけて動かないようにした。不用心な気もするが、今は防犯より茂一のトラブルを防ぐほうが先決だ。

取りあえずの処置を終え、好太郎と泉はダイニングテーブルで向き合い、ほかにすべきことはないかと考えた。

「せっかく一週間、無事にすごせたのにな」

好太郎がため息まじりに洩らすと、泉は、「まだまだこんなもんじゃないと思うわ」と表情を引き締めた。

「おとなりさんにお義父さんのことを話しといたほうがいいんじゃないかしら。これから何が起こるかわからないから」

「まだ何も言ってないのか」

「多谷さんのご主人には、お義父さんを引き取ることをちらっと話したけど、認知症のことまでは言ってない」

多谷家は右どなりの803号で、好太郎たちとは十年近い付き合いである。夫の護氏は七十歳をすぎており、製薬会社を定年退職したあと、専業主婦の三枝子さんと二人暮らしをしている。

　左どなりの801号には小野田という公務員らしい一家が住んでいる。

「認知症のことを言わなきゃいけないのかな。トイレの立て籠もりは解決したから、もう借りることもないだろう」

「また鍵が壊れるかもしれないじゃない。それに、大きな声を出して虐待とまちがわれてもいけないし、壁を叩いたり、部屋から抜け出してウロウロするかもしれないでしょう」

　たしかに可能性はあるが、好太郎は気が進まなかった。できれば親の認知症は他人には言いたくない。それでも泉は持ち前の危機管理意識からか、公表に積極的だった。

「問題が起こってからじゃ遅いのよ。あとで隠してたって言われたら、よけいに面倒なことになるんだから」

「わかったよ」

　好太郎は渋々了承し、泉に押されるようにして腰を上げた。

　まず、多谷家のインターホンを押す。「となりの矢部です」と名乗ると、少しして三枝子さんが扉を開けてくれた。急な訪問を詫びてから、好太郎が言った。

「実は、先週から父を引き取って、同居してるんです」

「あら、親孝行ですわね」

「それが、ちょっと申し上げにくいことなんですが、父はその、認知症の診断を受けていまして」

好太郎がうつむき加減に言うと、三枝子さんは戸惑うように、「はあ」とだけ返事をした。

「たぶん問題はないと思うんですが、もしもご迷惑になるようなことがあったらいけないので、お知らせに参ったんです」

「そうですか。大変ですね」

「ご主人にもお伝え願えますか」

「わかりました。私どもに何かお手伝いできることがあれば、いつでもおっしゃってくださいね」

思いがけず温かい言葉をかけられ、好太郎は胸に熱いものが込み上げた。穏やかに微笑む三枝子さんは、白髪が目立つものの、まるでお地蔵さんのようにいい人に見える。

「それじゃあ、よろしくお願いします」

二人で頭を下げて多谷家の前を離れた。

「思ったよりスムーズにいったな。案ずるより産むが易しだ」

好太郎は肩の荷を下ろしたように言ったが、泉は「小野田さんところもすませちゃいましょう」と、早くも次のミッションを持ちかけた。

八階のいちばん左奥にある小野田家は、多谷家とちがい二カ月ほど前に引っ越してきたばかりなので、さほど親しい関係にはない。夫は区の何とか振興事業団に勤めているという話だが、どんな仕事をしているのかはわからない。妻はパートに出ているようだが、通路で会っても会釈くらいしかしない無愛想な女性である。

インターホンを押すと、低い声で応答があった。少し待つと、小野田の妻が顔を出した。スッピンの引っ詰め髪で、どことなく生活に疲れた感じだ。

好太郎が父を引き取ったことと、認知症であることを告げると、小野田の妻は無表情にうなずき、「わかりました」とだけ答えた。反応が思わしくないので、好太郎は付け足すように言った。

「なにしろ意思の疎通が取りにくいので、ひょっとするとご迷惑をおかけするかもしれないと思って、事前にお知らせにうかがったわけで」

「そうですか。ご丁寧にどうも」

それだけ言って、扉を閉めようとする。

「あの、ご主人にもよろしくお伝えください」

追いすがるように言ったが、扉はそのまま閉じられた。

自宅にもどってから、泉が首を傾げた。

「あの奥さん、ちゃんとわかったのかしら」

「大丈夫だろう。言うだけのことは言ったんだから」

のんきに構えていると、午後八時過ぎ、玄関扉のインターホンが鳴った。訪ねてきたのは小野田とその妻だった。

好太郎が応対に出ると、小野田は杓子定規な口振りで言った。

「お父さまのこと、家内から聞きました」

小野田と面と向かって話すのははじめてだった。小太りの丸顔で、銀縁眼鏡をかけ、髪がぺたりと頭に張りつくような七三分けにしている。年齢は四十そこそこだろうか。汗かきなのか、額に汗を浮かべて、上目遣いに好太郎を見つめている。背が低いため、下から睨め上げるような感じだ。

「まあ、どうぞ中へ」

「いえ、ここでけっこうです。お父さまは認知症だとうかがいましたが、どの程度なんでしょうか」

いきなり問い質すような口調で、好太郎はちょっと不躾じゃないかと鼻白んだ。しかし、ここは気にしないそぶりで答えた。

「どの程度と言われても困りますが、まあかなり進んでる感じですね。私が息子だということも、わかっているのかどうか怪しいですから。ハハハ」

愛想笑いを添えてみる。

「意思の疎通もできないって、大丈夫なんですか」

「大丈夫とは？」

「うちには小学四年生の娘がいるんです。ですから、その何と言うか、いろいろ心配なわけで」

好太郎は失笑しかけたが、辛うじてそれを抑えた。

「まさか父がお嬢さんを襲うとでも？　もう七十五ですよ」

「でも、認知症なんでしょう」

「失礼な」

さすがに好太郎も声を尖らせた。小野田は汗が目に入りそうになって、ポケットからハンカチを出してぐいと拭った。彼は本気で娘の危険を案じているようだ。

好太郎は声の調子を改めて説明した。

「ご心配はわからないでもないですが、父はこれまでそんなトラブルは起こしたことはありませんし、うちにも娘がいますが、おかしなようすを見せたことはないですよ」

泉も後ろから出てきて加勢する。

「そうですよ。舅は施設でもそんな問題は起こしてませんから」

「でもね、うちの娘は毎朝、お宅の前を通って登校するんですよ。下校のときも同じです。もしもそのとき、お父さまが妙な恰好で出てきたらショックは大きいでしょう」

「妙な恰好とは？」

「この前、小学校の近くに露出魔が出たんです。うちの子は無事でしたが、何人かが遭遇して、親が同伴しないと登校できなくなった子もいます。女の子にとって十歳というのはデリケートな年ごろでしょう。後々の影響も心配なんです」

小野田が緊張に声を震わせる。後ろで妻も青ざめてうなずく。好太郎はぎりぎりの冷静さで反論した。

「いい加減にしてください。うちの父がそんな変質者みたいなことをするわけがないでしょう。いくら認知症でも、それくらいの分別はありますよ」

「認知症の分別、ですか」

嫌みたらしく揚げ足を取られ、好太郎は声を荒らげた。

「そんなに心配なら、一度、父のようすを見てください。危険かどうかご自分で確かめたらいいでしょう」

通り道を空けると、小野田夫妻は顔を見合わせてから、「失礼します」と靴を脱いだ。泉が介護部屋へ案内する。好太郎は先に立って声をかけた。

「父さん。となりの小野田さんが挨拶に来たよ」

茂一はベッドに座って、体温計のケースを紐でくるくる回転させていた。小野田夫妻が呆気にとられて固まっている。好太郎は慌てて取り繕うように笑った。

「父さん、何やってるの。いつもそんなことしないだろう」

体温計を取り上げようとすると、茂一は「ううーん」と唸って、好太郎の手を押しのけた。眉間に皺を寄せ、だだっ子のように口を尖らせる。

「今そんなことしなくてもいいだろ。小野田さんたちが挨拶に来てるんだよ」

無理に取ろうとすると、茂一が、突然、「コオッ」とものすごい声で一喝した。意味はわからないが、迫力満点の威嚇だ。小野田の妻が「ひっ」と短い悲鳴を上げた。

好太郎がうろたえながら弁解する。

「今のは特別ですよ。こんな声、出したことありませんから。なあ」

泉に応援を求める。

「怒鳴ったのははじめてです。たまに大きな笑い声は上げますけど」

「やっぱり大声を出すんじゃないですか。娘がいきなり怒鳴られたら、びっくりするでしょう。それで娘が高齢者を怖がるようになったらどうするんです」

小野田がまた心配を募らせる。

「父は知らない人が来て混乱してるんですよ。慣れたらどうということはありません。なあ、父さん、今はちょっと取り乱しただけだよな」

相変わらず体温計をまわし続けていた茂一が、突然、「ワハハハハハ」と嬉しそうに笑った。前後の脈絡のない空笑（くうしょう）だ。

「今のは何？　怖いわ」

小野寺の妻が夫の背後に隠れる。

「なぜ笑ったんです。何かおかしなことがありましたか」

小野田は生真面目そのものだ。

「ここにいたら父が興奮します。ちょっと出ましょう」

好太郎が促すと、小野田夫妻は玄関口に引き下がった。帰るのかと思いきや、小野田が靴をはいてから、強ばった顔で振り向いた。

「先ほど、お父さまは施設にいらっしゃったとおっしゃいましたが、どうしてマンションにお引き取りになったんですか」

「自宅で介護するほうが、父のためにいいからですよ」

「でも、となり近所に迷惑がかかるかもしれないじゃないですか」

「だからそうならないように、できるだけの努力はしますよ。私は介護休業を取って、ずっと父から目を離さないようにしてるんですから」

「しかし、お仕事をやめたわけではないでしょう。復帰されたあとはどうするんです。問題を起こさないと確約できるんですか」

「確約なんかできるわけないじゃないですか」

「そんな無責任な」

「じゃあ、どうすればいいんです。父を施設に送り返せとでも言うんですかっ」

売り言葉に買い言葉で、つい感情的になってしまう。さすがに小野田も、そこまでは要求できないようだった。

「娘がいるから心配なんです。特にうちの娘はかわいいから、目をつけられないかと不安なんです」

小野田も興奮して、裏返らんばかりの声を出した。まだ娘の顔を知らない好太郎は、振り向いて泉に聞いた。

「そんなにかわいいのか」

「ふつう」

泉が首を振ると、小野田が反射的に眉を吊り上げた。

「ふつうって何だ。うちの恵理那(えりな)は劇団にも入ってるんですよ。将来は女優になるのが夢なんだから」

好太郎は余裕を取りもどし、半ば笑いながら応じた。

「ちょっと自意識過剰じゃないですか。どんな夢を持つのも自由ですがね。フハハ」

その言い方が小野田をさらに興奮させたようだった。

「笑い事じゃないですよ。せっかくいいマンションを見つけたと思って引っ越したのに、となりに認知症の患者がいるなんて、とんだ思惑はずれだ。とにかく、しっかり監視してくださいよ。お願いします。取り返しのつかないことが起きてからでは遅いんですか
らね。おい、帰ろう」

最後は捨てゼリフのように言って、小野田夫妻は帰って行った。

「何なんだ、あいつら」

リビングにもどったあとも、好太郎は腹に据えかねるように椅子に座った。

「監視しろって、まるで危険人物扱いじゃないか」

泉はコーヒーメーカーをセットして、スイッチを入れる。興奮の治まらない好太郎は
さらに言い募った。

「だいたい、あの小野田ってヤツは認知症に対する理解がなさすぎるよ。これだけ認知
症の人が増えてるのに、自分たちには関係ないとでも思ってるのか。自分の親が認知症
になったらどうするつもりだ」

「まあ、落ち着きましょうよ」

泉が二人分のコーヒーを持ってきて、向き合った。

「君は腹が立たないのか。俺はあんな偏見野郎は許せない。差別じゃないか」

「たしかに、小野田さんの夫婦は心配しすぎよね」

「あいつら、自分さえよければいいっていう連中なんだ。他人のことなんかまるで考え

ちゃいない。何が特にうちの娘はかわいいだ。親バカもたいがいにしろ」

口汚く罵る(ののし)と、泉がじっと好太郎を見つめてから言った。

「でも、わたしふと思ったの。もし千恵が小さいときに、このマンションにおかしな人が越してきたら、どうするかなって」

「おかしな人って、認知症か」

「ちがう。小児性愛者とか、性犯罪の前歴のある人。やっぱり気持悪いでしょう」

「そんなの、認知症とぜんぜんちがうじゃないか」

「じゃあ、そういう人たちは差別してもいいの？」

好太郎は押し黙る。建前としては、どんな人間にも差別は許されない。

「わたしたちはわかってるけど、小野田さんにはちがいがはっきりしないのかもよ。想像力が乏しそうなご主人みたいだから」

「認識不足も甚だしいよ。あれは想像力じゃなくて妄想だ、妄想。被害妄想だよ」

「かもね」

泉はいったん同意したが、コーヒーを啜りながら、独り言のようにつぶやいた。

「あなたは小野田さんのことを、自分たちさえよければいい連中って言ってるけど、向こうは向こうで、同じように思ってるかもよ」

好太郎は不機嫌そうに目を逸らした。反論できないのと、一瞬、不吉な思いが頭をよぎったからだ。認知症を診断した医師の言った言葉。

――前頭側頭型の認知症は、ときに反社会的行動をするのが困るのです。万引きとか、痴漢行為だとか。

13

翌朝、六時半過ぎに起きると、好太郎はベッドの上で後頭部を二、三度叩いた。小野田の訪問でイライラして、昨夜はよく眠れなかった。

パジャマのまま洗面所に行き、鏡の前に立ったとき、一瞬、自分の顔の中に父の容貌が見えた気がしてはっとした。睡眠不足で細めた目が、茂一にそっくりだったのだ。目を見開いて改めて見ると、そうでもない。好太郎はハゲていないから、全体の印象はずいぶんちがう。しかし、さっきは我ながら驚くほど目元が似ていた。

そう言えば声はまったくちがうのに、咳払いの音はほとんど同じだ。のど仏の構造が似ているのか。自分はまちがいなく父に近づきつつある。嬉しいような、恐ろしいような気分だった。

歯を磨き、着替えてから介護部屋に行く。茂一はすでに目覚めていて、ベッドに座ってまた体温計のケースをくるくる回転させていた。

「おはよう」

声をかけても返事はない。期待していなければどうということはない。

「よく寝られた？」

反応なし。目も合わさず、無心に体温計をまわし続ける。いったいどういうつもりなのか。

宗田医師の講演を思い出す。

——認知症の人はときどき奇妙な行動をしますが、我々には意味不明でも、本人にはちゃんと意味があるのです。

だから無闇に止めてはいけないと言っていた。昨夜は小野田夫妻がいたから、とっさに止めてしまったが、茂一が大声を出したのはそのせいだろう。悪いのは自分ということだ。

「昨夜はごめんな。こっちの都合を押しつけてしまって」

やはり応えはなし。

好太郎は今一度、宗田医師から学んだ介護の基本を思い浮かべた。感謝と敬意。恩返しの気持ですする介護。そうするためには、自分の記憶を呼びもどさなければならない。父のことでいちばん感謝すべき思い出は何だ。

考えたが、追想より先に目の前の父の姿が意識を奪った。幼児のように遊びながら、口から涎を垂らしている。濡れティッシュを引き出して拭うと、「うぅー」と唸り声を上げて顔をしかめる。情けない気持が込み上げる。

ここまで症状が進んでしまった父が、わずかでもまともになることがあるのだろうか。

宗田医師の方針は、もっと軽い認知症のケースにしか当てはまらないのではないか。

いや、宗田医師は重症の認知症の人でも、感じているものはあると言った。自分が大事にされているのか、厄介者扱いされているのか、意味ではなく、感覚でわかっていると。

「僕は父さんを大事に思ってるよ。尊敬もしてる」

口に出してみたが、なんとなく白々しい。

そのとき、ふと記憶がよみがえった。母と抱き合わせの記憶だ。

母はよく父に怒っていた。夕食のとき、料理を食卓に並べ終わる前に、父が待ちきれずに食べはじめるからだ。母はすべての料理が揃ってから、みんなで「いただきます」とはじめるのが食事だと思っていた。だから、父が食べはじめる前に並べようと、競争のように急いで配膳した。

好太郎は追想の流れで茂一に言った。

「母さんは怒ってたよ」

どうせ意味は理解しないから、気持だけ伝えればいい。

「父さん、ほんとうにおいしいと思ってたの？　ちがうでしょ」
つい思い出し笑いをしてしまう。父はおかずを食べると、口に入れるのとほぼ同時に「おいしい」と言うのが常だった。とても味わっているとは思えない。それは父の善良さの表れでもあるだろう。料理を作ってくれた母への感謝の気持がそう言わせたのだから。しかし、母にすれば、手の込んだ料理を作っても、手抜きで簡単にすませても、反応が同じなので作り甲斐がなかったのだ。

茂一はおおらかなところもあったが、やや鈍感なところもあった。思い出すのは、好太郎が反抗期になったときのことだ。高校生のころ、父のすべてがいやでたまらなかった。当時、高校ではリーバイスのジーンズにダウンベストが流行っていた。それに父が興味を持ち、「恰好いいな。今の高校生はそんなのが流行ってるのか」と聞いた。好太郎は「そうだよ」とだけ答えた。声の調子で不機嫌なことに気づけばいいのに、「そのベスト、救命胴衣みたいだな」と言って、好太郎をさらに不愉快にさせた。無視していると、「どこで売ってるんだ」と聞くから、「渋谷」と今度は露骨に怒りを滲ませて答えた。これでわかるだろうと思ったら、「いくらくらいするんだ」とさらに聞くので、好太郎はキレて、「いくらだっていいだろっ」と、怒鳴ってしまった。父は単に教え子の世代の好みを知りたかっただけかもしれない。それにしても、息子の心理状態にあれほど鈍感で、高校の教師が務まったのだろうかと不安になる。

ほかにも、父が風呂に入ったあと、湯船に抜け毛が浮いているのも不快だったし、歯槽膿漏でくしゃみが強烈に臭いのもいやだった。テレビのお笑いを見て、バカ笑いするのにも腹が立った。考えていると、いやなことばかり思い出す。これではいけないと、好太郎は慌てて取り繕うように言った。

「いや、ほんとに感謝してるって」

茂一は何のことかわからず、きょとんとしている。いつの間にか、体温計をまわすのをやめている。

大学の受験に失敗したとき、母はどの科目ができなかったのなどと口うるさく聞いたが、父は何も言わなかった。期待してくれていないのかと思ったが、合格したときは珍しく興奮して、好太郎の手を握って喜んでくれた。このときばかりは父に親しみを感じた。

結局、反抗期のときに理由もなく父を嫌ったのは、自分が未熟だったせいなのだ。そんな好太郎を怒りもせず、おおらかに見守ってくれたのは、父の立派さではないか。父は自分を大事に育ててくれたのだ。

そんな父が、好太郎が結婚したあと、ぽつりと言った。

――俺は父親の役割を果たせたかどうか自信がなかった。どうすればいいのか、わからなかったから。

理由は、茂一が自分の父親を早くに結核で亡くしていたからだ。今から七十年前、まだ戦後の混乱期で、国民皆保険制度もなかった。経済的に余裕のない家は、十分な医療を受けられなかったにちがいない。祖母は再婚しなかったので、茂一は父親の手本なしに好太郎の父になったのだ。だから手探りで、どこか自信なさそうだったのかもしれない。

今、好太郎ははっきりと思う。威張りもせず、自慢もせず、反抗期の息子に怒りもしなかった茂一は、立派に父親の役割を果たしてくれた。こんないい父親はほかにはいない。

「ありがとう。僕は父さんの息子でよかったよ」

改めてそう思うと、鼻の奥がつんと熱くなった。

茂一は「ウハハハハ」と笑い、ふたたび体温計をまわしはじめた。

14

「きゃっ。お義父さん、おどかさないでくださいよ」

トイレから出てきた泉が、目の前に立っている茂一を見て、軽い悲鳴を上げた。

茂一はそれを無視して、好太郎たちの寝室のほうへ歩いて行く。扉を開けて中へ入る。

「あなた、寝室に入ったわよ」

「別にいいだろ」

「ベッドにつまずいたりしたら危ないじゃない。ついていてあげたら」

ソファで寝転んでいた好太郎がしぶしぶ起き上がる。

「どうもこのごろ部屋の中でウロウロするな。徘徊かな」

前頭側頭型の認知症では、徘徊はさほど多くはないはずだ。しかし、茂一は重症なので、症状が複雑なのかもしれない。

――徘徊を止めるのはよくありません。

宗田医師はそう言っていた。

――認知症の人は、理由もなく徘徊するのではなく、なんらかの思いがあってウロウロするのです。それを止めようとしても、よけいに動きたい気持が募ります。まずは自由に歩かせてあげてください。そのうち、本人の中で納得が得られたら、次第に治まってきますから。

止めようと思うなら止めるな。卓見だ。宗田医師が勧めていたのは、とにかく認知症の人を自由にさせることだ。

好太郎はその方針に従って、茂一の後ろに付き添った。

「父さん、歩きたかったらどんどん歩いていいよ。そのほうが運動になるしね」

同じ付き添うのでも、いやいやではなく前向きなほうがいい。茂一は寝室から出て、千恵の部屋の前に行った。ドアノブに手をかけたが開かない。千恵がプライバシーを守るために、扉の上部に掛金鍵をつけたからだ。ここは入れないよと言いたいが、ぐっと抑える。

茂一は後もどりし、廊下から出てきてキッチンに入る。奥まで行ってもどりかけ、またまわれ右をして奥へ行く。何かを忘れたのかと思うと、そうではなく、ふたたび廊下にもどってくる。

続いて茂一はダイニングに来て、泉がノートパソコンを見ているまわりをぐるぐるまわりはじめた。好太郎もついてまわる。ゴンと音がして、茂一がテーブルの端にぶつかり、転びそうになる。

「危ない」

とっさに腰のベルトを持って支える。なんとかこけずにすむが、茂一はふたたびテーブルの周囲をまわりはじめる。楕円形のテーブルなのでまわりやすいのだろうか。

「もう、気が散るな。お義父さんがウロウロするだけでも鬱陶しいのに、二人でまわられたらたまらないわ」

「君がついていてあげたらって言ったんじゃないか」

「わたしのまわりをまわることないでしょう」

「父さんがここを歩きたいんだから仕方ないだろう」

「こんな狭いところを歩かさずに、もっと広いところを歩かせてあげたら。お義父さん、外へ行きたいんじゃないの」

そう言えば、茂一を引き取ってから、まだ外へは連れ出していなかった。

「そうだな。今日は天気もよさそうだし、散歩に連れていってみるよ。父さん、僕と散歩に行こうか」

茂一はわかっているのかいないのか、好太郎に見向きもしないで玄関のほうへ歩きだす。驚いたことに、自分で介護用の靴を足でさぐっている。

「父さん、わかってるみたいだ」

好太郎が嬉しそうに言って、靴のマジックテープを留めてやる。

「さあ、行こうか」

扉を開けると、茂一は傘立てからビニール傘を一本取った。

「傘なんかいらないよ。なあ、今日は雨は降らないだろ」

泉に声をかけると、「たぶんね」と気のない声が返ってきた。茂一は右手で傘をついて廊下に出る。

「杖の代わりにするのか。機転が利くじゃないか」

感心する好太郎を尻目に、茂一は勝手にエレベーターホールのほうに歩いて行く。一階に下りてマンションの外に出ると、あらかじめ行先を決めているかのように西に向かって歩きはじめた。四つ角も迷わず直進する。好太郎はぴたりと後ろにつき従う。

しばらく行くと、何を思ったのか、いったん立ち止まり、急に振り向いてUターンをした。好太郎に見向きもしないのは、やはり息子とわかっていないのか、それともわざと無視しているのか。

このままマンションにもどるのかと思いきや、四つ角を折れて、北に進みだした。好太郎は少し間隔を空けてついて行く。今日は心おきなく徘徊させてやるつもりだ。そのうち脚が疲れてくるだろうから、歩けなくなったらタクシーを拾えばいい。

三叉路を右に曲がると、前方から泉の知り合いの奥さんが歩いてきた。

「あら、矢部さんのご主人。珍しいですね」

平日の昼間に歩いているのが奇異に映ったのだろう。

「今日は親孝行でして、父の散歩に付き添ってるんです。ハハハ」

照れ隠しに笑う。

「お父さまをご自宅に引き取ったってうかがいましたけど、いろいろ大変でしょう」

「それほどでもないですよ。妻も協力してくれるし……、あっ、失礼します」

挨拶をしている間に茂一がどんどん遠ざかっていく。見失ったら大変だ。

それにしても健脚だなと好太郎は感心する。若いころから鍛えていたのだろうか。高校の教師は授業中立ちっぱなしだから、自然と足腰が強くなるのか。それに比べ、自分は座り仕事なので下半身は弱い。だったら認知症になっても徘徊せず、泉や千恵に迷惑をかけないかもしれない。いや、今から認知症の心配をしても仕方ない。泉のほうが先になるかもしれないし、彼女はテニスで鍛えてる分、徘徊しだしたら大事だ。

あれこれ考えながら歩くうちに、距離が十メートルほどに開いてしまう。茂一はスピードを緩めない。

しばらく行くと、道の片側に幅五十センチほどの溝がある通りに出た。水はないが深さも同じくらいあって、落ちたら骨折するかもしれない。そう思って見ていると、茂一はふらふらと道の端に近寄る。好太郎はダッシュで追いつき、さっきの要領で腰のベルトをつかもうと手を伸ばした。茂一はさっと方向を変え、道の真ん中へもどる。好太郎は足元がお留守になり、あわや溝にはまりかける。

「危ないっ」

父の付き添いで自分が骨折しては笑い話にもならない。

その間にも、茂一はどんどん進み、左手の一戸建ての家に近づいた。庭があって、門扉が少し開いている。

「父さん。よその庭に入っちゃだめだよ」

以前のチューリップ引き抜き事件が頭をよぎり、好太郎は大声で呼び止める。茂一が庭に入ってしまうと、連れもどすために自分も入らなければならない。それではよけい厄介なことになりかねない。急いで追いかけ、肩に手をかけようとすると、茂一はまたすっと方向を変えて道の真ん中を前進する。

不法侵入は防げたが、好太郎は息が上がりはじめていた。うつむいて呼吸を整え、顔を上げると、茂一は先の曲がり角を曲がるところだった。慌てて追いかけると、茂一はますます歩くスピードを上げる。

「そんなに速く歩かないでよ」

たまらず声をかけたが、茂一は振り向かない。何かに追われるように進むが、一応は歩道を歩いている。しかし、赤信号に当たったらどうか。今のところ信号はないが、それでも四つ角は出会い頭ということもある。やはり密着して歩くべきだと思い直し、好太郎は小走りになる。茂一は振り向かないが、気配を感じるのか、好太郎に増してスピードを上げる。散歩なのか追いかけっこをしているのかわからない。認知症はいろいろな感覚が麻痺するらしいが、疲れを感じる神経も麻痺するのか。

好太郎の首筋に汗が流れ、のども渇いてくる。さっきまで出ていた太陽は隠れ、曇り空になったのがまだしも救いだと思っていると、ポツリと水滴が顔に当たった。えっと思う間もなく、雨が降りだした。

茂一は立ち止まると、何の迷いもなくビニール傘を開いた。傘は開けるんだと感心しながら、いっしょに入れてもらおうと追いかける。すると茂一は逃げるように先へ進む。

「父さん。傘に入れてよ」

好太郎が少し怒った声で言うと、茂一は立ち止まり、振り返って「ワハハハハ」と笑った。

「何がおかしいのさ」

茂一はあらぬほうに顔を向け、傘は自分だけにさしたままだ。ふたたび前に歩き出したので、好太郎は仕方なくついていく。脚はだるいし、服は濡れるし、なぜこんなつらい目に遭わなければならないのかと不愉快になる。

茂一は信号を渡り、橋を越え、どんどん先へ進む。五反田（ごたんだ）駅の近くまで来て、人通りの多い歩道に出た。前のめりに突進する茂一を、歩行者が避ける。そのたびに好太郎は、「すみません」「大丈夫です」「いえ、何でもないです」と、弁明ともごまかしともつかない愛想笑いを繰り返す。舌打ちしたい気持でついて行くと、ふいに茂一が自動販売機の前で立ち止まった。

「何か飲みたいの」

ちょうど好太郎ものどが渇いたので、小銭を出して清涼飲料水を買った。ペットボトルを取り出して顔を上げると、茂一の姿が消えていた。焦って左右を見渡すと、少し先のショッピングモールに入るのがチラリと見えた。慌てて追いかけるが、人混みに妨げられ、すぐに追いつけない。入口を入ると、正面にエスカレーターがあり、開いたままのビニール傘が落ちていた。上に上がったにちがいない。

好太郎はビニール傘を畳み、エスカレーターを駆け上がった。二階をぐるりと一周するが見つからない。三階、四階と上がり、苛立ちながらあちこちさがすが、それらしい影は見えない。時間からしてこれより上に行ったとは考えにくいので、もしかしたら二階から別のエスカレーターで一階に下りて、そのまま外へ出たのかもしれない。

急いで一階に下り、歩道へ飛び出したが、茂一の姿は見当たらない。行くとしたら、前か後ろか。前だと判断して、先へ進む。駅前の混雑でいっそう見分けがつきにくい。どうしよう。警察に捜索願いを出そうか。まだ早い。とにかく自力でさがすことだ。

もう一度ショッピングモールにもどり、一階と二階を隈なくさがす。入口近くの店員に、茂一の特徴を言って、見ていないかと訊ねてまわるが、手がかりになりそうな答えは返ってこない。

好太郎はまた外へ出て、今度は来た道をもどった。間近で救急車のサイレンが聞こえ、ショッピングモールの前で音が止まった。まさか茂一が怪我でもしたのか。思わず駆け寄り、救急隊員の動きを見守る。折り畳み式のストレッチャーが引き出され、やがて病人が運び出されてきた。中年の女性のようだ。口にマスクをあてがわれ、救急隊員がバッグで呼吸を助けている。

父が倒れたのでなくてよかったが、依然として行方はわからない。ふたたび来た道をさがすが、自動販売機の前にもいない。いったいどこへ消えたのか。

途方にくれかけたとき、内ポケットでスマートフォンが鳴った。泉からだ。不吉な予感を抑えて通話ボタンを押すと、甲高い声が飛び出した。

「お義父さんがショッピングモールで保護されたらしいわよ。女性用のトイレに入ってたんですって」

「えっ」

自分でも驚くような声が出て、思わず天を仰いだ。居場所を聞くと、八階の事務室とのことだった。

「わかった。すぐ迎えに行く」

「待って。お義父さんは……」

何か言いかけたが、聞きたくもないし、聞いている余裕もない。好太郎は通話を切って、エスカレーターを二段飛ばしで八階に向かった。

女性用のトイレに入っていて保護された。痴漢にまちがえられたにちがいない。最悪の事態を想定する。となりの小野田の顔が浮かんだ。もし、この不祥事を知られたら、そら見たことかとなじられるだろう。場合によっては父を施設に帰さなければならないかもしれない。せっかく我が家に迎えたのに、自分がちょっと目を離したばっかりにと、後悔の嵐が胸に渦巻いた。

ノックして事務室に入り、茂一の姿を認めた瞬間に、好太郎は顔が膝につくくらいに頭を下げた。

「申し訳ございません。父が大変なことをいたしました」

被害者が出たかどうかはわからない。それでも女性用のトイレで保護されたのだから、弁明はできないだろう。極端なほど深いお辞儀をしたまま、好太郎は必死の思いで申し開きをした。

「父は認知症を患っておりまして、善悪の判断がつかないんです。ですから、私が付き添っていたのですが、ちょっと目を離した隙に見失ってしまって、今、必死にさがしていたところです。責任はすべて私にあります。この通り、心よりお詫び申し上げます」

なんとか穏便にすませてもらえないだろうか。好太郎は祈るような気持で必死に頭を下げ続けた。

すると、責任者らしい男性が、近寄ってきて思いもかけないことを言った。

「どうぞ、頭を上げてください。お父さまが認知症であることは、今、奥さまからうかがいました。それより、今回はお父さまのお手柄ですよ」

「へっ？」

意味がわからない。間の抜けた表情で顔を上げると、責任者は次のように説明した。

高齢の男性が女性用のトイレに迷い込んだという通報を受けて、職員が駆け付けると、茂一はたしかに中にいたが、その横で個室の扉が半開きになっていて、女性客が便器に寄りかかるように倒れていた。胸を掻きむしっていたので、心臓発作を起こしたらしいと判断した職員が、日ごろの訓練の成果を発揮して、ＡＥＤで蘇生を試みた。それで心拍が再開し、無事に救急車で病院に運ばれたという。先ほどの女性がそれだったようだ。

「女性用のトイレに入られたのは困りますが、お父さまはご病気もあるようですし、保護者の方も一応、ついておられたということですから、こちらも事を荒立てるつもりはありません。今日はこれでお引き取りいただいてけっこうです」

「よろしいんでしょうか」

「結果的に、お父さまの行動がお客さまの救命につながったのですから、私どもといたしましても、感謝している次第ですので」

好太郎はほっとしながらも、複雑な気持で茂一を見た。奇妙な間があり、その場にいた全員が茂一に目を向けた。

「ワハハハハハ」

茂一の口から笑いが洩れたが、それは空笑ではなく、どことなく照れているような人間味のある声だった。

15

五反田のショッピングモールからタクシーで帰宅した好太郎は、茂一のロング徘徊散歩に付き合った苦労を、ひとしきり泉に語った。

「父さんが女性用トイレに入ったって聞いたときには、となりの小野田の顔が浮かんで絶望的な気分になったよ」

「説明しようと思ったのに、あなたは慌てて電話を切るんだもの」

ショッピングモールからの電話は、前もって茂一の胸に安全ピンで留めておいた連絡先を見てかけてきてくれたらしかった。茂一は半分白目になるほどの疲れようで、帰宅後は吸い込まれるようにベッドに横になり、そのまま眠り込んでしまった。ズボンを脱がしても目を覚まさない。おしめはぐっしょり濡れていた。

「お義父さん、トイレに行きたかったんじゃないの。女性用は問題だけど、トイレまで行ったのはえらいじゃない」

「そうなのかな」

喜びかけて、好太郎はその先を思い浮かべ、思わずぞっとした。もし茂一が排尿のために女性用のトイレでズボンを下ろしていたら、それこそ小野田が心配していた露出魔になってしまう。

「お義父さんが家の中をウロウロしだしたら、また散歩に連れて行ってくれる？」

「それは無理」

「宗田先生は、徘徊も自由に歩かせれば徐々に終わるって言ってたんでしょ。でも、実際にはむずかしいようね」

泉の冷ややかな視線を感じながら好太郎は思う。たしかに徘徊の問題は簡単には解決しない。自由に歩かすと言ったって、転倒、事故、不法侵入や、行方不明の危険を思えば、とても好き勝手には歩かせられない。

好太郎は取りあえず泉に湯を用意してもらい、濡れたおしめをはずして茂一の局部を清拭（せいしき）した。新しいおしめを当てて、ジャージのズボンも着替えさせる。その間、茂一はずっといびきをかき続けていた。

16

ふだん、おしめの交換は好太郎の役目である。最近のおしめは性能がいいから、尿で濡れてもあまりにおいはしない。困るのは便のほうだ。

好太郎はリビングにいる泉の横に座り、ため息まじりに壁のカレンダーを見上げた。

今日は金曜日だ。間もなく魔の日曜日がやってくる。

「どうしたの」

夫のため息に反応して泉が聞く。

「いや、今朝は便が出てなかったから、明日は出るかなと思って」

茂一の排便は毎日ではなく、二日か三日に一度のことが多い。間が空くと量も増える。明日の土曜日に出なければ、日曜日にごっそり出るにちがいない。日曜日はヘルパーが来ないので、好太郎がおしめを替えなければならないのだ。

毎週日曜日の朝、好太郎は恐る恐るおしめを開ける。便が出ていなければほっとする。しかし、夜になって、泉が「におう」と介護部屋を指さすこともある。隙間から見ると、案の定、少し出ている。このままなんとか月曜日の朝までもたせられないか。そう思うが、茂一が気持悪がって、おしめに手を突っ込んだらただではすまない。仕方がないので、好太郎はおしめの交換に取りかかる。肛門を洗って新しいおしめをつけて、やれやれと思うと、おしめの中でブリブリと籠もった音が聞こえたりする。開けると案の定、また出ている。腹が立つ、疲れる、情けなくなる。

排泄は介護でもっとも過酷なテーマだと、ヘルパーの佐野が言っていたが、まったくその通りだ。それでも父は悪気があってしているのではないので、怒ってはいけない。わかってはいるが、果たしてどこまで理性を保てるか、好太郎は自分でもわからない。

憂鬱そうにカレンダーを見ていると、泉が気遣うように言った。

「また浣腸する？」

「いや、浣腸はもう懲り懲りだ」

少し前の土曜日、山村が来る前に出しておこうと浣腸をすると、一気に噴き出すような排便がはじまり、おしめからもあふれ出て大変なことになった。とても山村が来るまで待てず、好太郎が泣く思いでベッドの防水シートまで交換せざるを得なかった。

便が出ているときのおしめの交換は、佐野や山村の作業を見て、一応は頭に入っている。しかし、まだまだ慣れることはできない。便の処理は非日常との闘いでもある。その闘いに勝利する日は来るのか。

宗田医師の講演を思い出す。あのとき、宗田医師は排泄介護の過酷さも、考え方ひとつで克服できると言っていた。

――便に対する嫌悪感は、我々の脳が創り出しているのです。どんな美人でもイケメンでも、便は出ます。人は便から逃れることはできません。それを水洗トイレにして、目の前から隠して、なかったことのようにするから嫌悪感が募るのです。もっと便を直視することが必要です。尾籠（びろう）な話で恐縮ですが、下痢便なんか、見た目はスパイシーカレーとほとんど変わらないでしょう。カレーはおいしそうだと思い、便はいやだと思うのは、脳が勝手に創り出しているイメージです。それを取っ払えば、嫌悪感も消えるはずです。

そうだろうか。浣腸騒ぎで噴き出したアレを、カレーと同じだと思えるだろうか。そんなことを繰り返せば、今度は逆にカレー屋の前を通ったときに、アレを思い出してしまいそうだ。

「問題はにおいなんだよ。山村君は鼻で息をしなければ平気だと言ってたけど、どうもな」

たしかに、口で呼吸していると臭さはわからない。しかし、臭い空気を吸っていることに変わりはなく、それが肺に流れ込むと思うとぞっとする。酸素といっしょに悪臭も吸収され、血管に溶け込んで全身に広がるような気がする。

「便のにおいって、薄めるとジャスミンみたいな香りになるらしいわよ。お医者さんが本に書いてた」

泉がスマートフォンで検索する。

「あった。便のにおいのもとは、インドールとかスカトールとかいう物質で、動物性の蛋白質が腸内細菌に分解されてできるものなんだって。どちらも微量だとジャスミンの香りに近くて、天然の香水にも一部、含まれてるそうよ」

「ぜんぜん慰めにならない」

「じゃあ、これはどう」

指先で画面を動かし、目当てのページをこちらに向ける。

『便のニオイをシャットアウト！　奇跡の便臭対策　便消臭サプリ「スメルレス」』

「何だよ、これ」

「便のにおいを消す薬よ。毎朝一錠のむだけで、便のにおいが消えるらしいわ。前にテレビで紹介してた」

ページを繰ると、便臭だけでなく、オナラや口臭も消せるように書いてある。

「ほんとに効果あるのか」

「テレビでそう言ってた。アナウンサーが実際に使ってみて、においがほとんどしなくなったって驚いてたわよ」

好太郎は何となく胡散臭いものを感じる。

「それって、身体に悪くないのか」

「成分調べるね。シャンピニオンエキス、コーヒーポリフェノール、ビフィズス菌、シソの葉、モリンガ……」

「モリンガって何だよ」

「ワサビノキって書いてある。それとフィトンチッド。森林浴で浴びるアレね。自然のものが主体だから、害はないんじゃない」

「そんなもんであの強烈なにおいが消えるのか」

「知らないわよ。テレビが言ってただけだもの」

　泉の声がぶっきらぼうになる。

「でも、なんかそんなもので親父の便のにおいを消すのはちょっと抵抗あるな。なんとなく非人間的じゃないか」

「あなたがにおいに耐えられないみたいに言うから、調べたんでしょ。いやなら使わなければいいのよ。その代わり、臭くても我慢してよね」

「それはちょっとキツイかも」

「じゃあ、サプリをのませなさいよ。どっちかでしょ。我慢もいや、のませるのもいやなんて、あなたは早合点だけじゃなくて、子どもみたいに優柔不断ね」

　思わぬ批判に、好太郎もつい短気を起こしてしまう。

「何だよ、仕方ないだろ。いやなものはいやなんだ。君がトイレに入ったあとだって、臭いんだからな」

　言ってからしまったと思ったが、口から出た言葉はもどらない。泉の顔が見る見る険しくなり、黙ったまま寝室に入ってしまった。

　好太郎はぐったり疲れてソファにもたれる。迂闊な発言も介護疲れのせいだろうか。今晩の夕食の準備をしてもらうためにも、早めに謝ったほうがいい。そう思って、彼は濡れた砂嚢（さのう）のような身体を持ち上げた。

17

数日後、ネットの介護サイトを見ていた好太郎は、驚くべき情報を発見し、興奮した声で泉を呼んだ。

「ちょっと見てくれ。すごいことが書いてある」

『排泄介護への新提案』と題されたそれは、〝人工肛門〟と〝導尿カテーテル〟を勧めるものだった。

「人工肛門って何よ。お尻に器械でも取り付けるの？」

「ちがうよ。大腸を切って、その切り口をお腹に縫いつけて便を出すようにするんだ」

よくわからないという顔の泉に、好太郎はパソコンの画面を見せた。大腸の切り口を腹部に縫いつけたイラストと、実際にへその横に梅干しのような粘膜がついている写真が出ていた。

好太郎が得意げに説明する。

「人工肛門は〝ストーマ〟とも言うらしいけど、ここにパウチっていう袋を張りつけて、便が出たら交換するんだ。パウチには特殊なシールがついていて、取り外しは簡単。つけたまま風呂にも入れるそうだ。もうひとつの導尿カテーテルは知ってるだろ」

「オシッコを出す管でしょ。〝バルーン〟とか言うんじゃないの。前にテレビで見たわ」

導尿カテーテルは、抜けないように膀胱内で先端の風船を膨らませるので、そう呼ばれるらしい。

「そのバルーンとストーマで、介護からおしめが完全に不要になるんだ」

好太郎はまるで自分の手柄のように胸を張る。

「ちょっと待ってよ。あなた、この前は便消臭のサプリに抵抗してたでしょ。サプリは非人間的で、人工肛門と導尿カテーテルはいいの？　そっちのほうがよっぽど人工的じゃない」

「いや、僕はサプリの効果を疑問視したんだよ。生薬みたいなもので簡単ににおいが消えるかなって。それに毎日変な薬みたいなものをのませるのも、なんとなく罪悪感があるだろう」

好太郎は苦しい言い訳で乗り切ろうとする。泉が納得しないので、さらに語調を強めて説得した。

「このサイトは介護に詳しい医者が書いてるんだ。たしかにストーマやバルーンは人工的だけど、正式な医療行為でもあるらしい。今までは病気の治療で行われてただけだけど、介護の効率化を図るためにも有効だって書いてある」

「介護の効率化って、それこそ非人間的な感じがするな」

「でも、ストーマとバルーンには利点がいっぱいあるんだ。まずバルーンにすれば、尿は全部尿バッグに溜まるから、皮膚が尿で濡れて気持悪いとか、床ずれができやすいとかもなくなるし、オシッコの量も正確に計れて、腎臓の働き具合もチェックできるらしい。以前は月に二回ほどカテーテルの交換が必要だったけど、今は素材が改善されて、二、三カ月に一回の交換でいいんだって。管が詰まる心配も少なく、感染の危険性も減って、格段に使い勝手がよくなってるらしい」

泉が口を尖らせてうなずく。

「まあ、バルーンは使ってるのを聞いたこともあるけど、ストーマのほうは抵抗あるな。手術とかするんでしょう」

「腹腔鏡の手術があるから、お腹を大きく切ったりしないんだ。時間も一時間かからないらしい。何よりストーマのいちばんの利点は、においを我慢しなくてもいいということだ。肛門が汚れることもないし、排便の負担もなくなるから、痔も治るんだって。以前はパウチがはずれたり、シールでかぶれたりするトラブルもあったらしいけど、今は改善されて、洩れない、はずれない、かぶれない素材になってる。においもしないし、見た目も不潔感がなく、しかも、容量の大きなパウチを使えば、交換も二、三日に一度ですむらしい」

好太郎は画面を動かして、ストーマの管理を示すページを開く。泉はチラと見ただけで気分悪そうに目を逸らす。

「やっぱり受け入れられない気がするな」

「どうしてさ。ストーマもバルーンもいいことずくめじゃないか。おしめがいらなくなるんだぜ。介護用のおしめってけっこう値が張るだろ。つけたりはずしたりも大変だし、ゴミも増えるし、皮膚も汚れるし、心理的にいやがる年寄りも多いだろう。ストーマとバルーンにすれば、排泄の介護負担が一挙に軽減されるんだ。外出もＯＫだし、弄便の心配だってなくなる。まさかお腹の穴から便が出てるとは、認知症の人も気がつかないだろうからな」

「何かわからないから、袋をはずしたりするんじゃないの」

その状況を想像しかけて、慌てて打ち消す。

「服の下に隠せばいいんだよ。サイトの管理者も書いてるけど、二〇二五年問題で団塊の世代が後期高齢者になって、介護の必要量が飛躍的に増大するらしい。きれい事や贅沢は言ってられない時代が迫ってるんだ。特に排泄の問題は過酷だから、介護放棄や虐待の危険性だって高まる。ストーマとバルーンにすれば状況が一気に好転するんだよ」

「だけど、チューブや袋で排泄を管理するのは、なんかよくない感じよ。人間の尊厳に関わる気がしない？」

「排泄のトラブルで、怒ったり嘆いたりするよりましだろ」

「でも、わたしはやっぱりトイレに行きたいし、行けなくなっても管を入れられたり、ビニール袋の中に出したりするのはいやだな」

泉の頑強な抵抗に、好太郎は負けじと応戦する。

「それは心理的抵抗ってやつだよ。慣れればどうということはない。今はウォシュレットが普及して、トイレットペーパーで拭くだけじゃ気持悪いという人が増えてるだろ。でも、ウォシュレットの前はトイレットペーパーで何ともなかった。その前はちり紙、新聞紙をクシャクシャにしてってときもあった。その前は荒縄を張った上をまたいでお尻をこすりつけてた時代もあっただろう」

「その話、本当なの。前から思ってたんだけど、最初の人はいいとして、二人目からは前の人の汚れがつくじゃない」

たしかにと、好太郎も同意する。

「そう言えば、トイレで紙を自由に使えるようになったのは近代になってからだろうな。織田信長とか、源義経の時代はどうしてたんだろ。紫式部とかもウンコはしてたはずだけど、十二単で大変だったろうな。当時は紙も貴重だったろうから、草とか藁を使ってたんだろうか」

「そんな話、今は関係ないでしょ。すぐ脱線するんだから」

「とにかく、人間はどんなことにも慣れるし、排泄の問題にしたって、これまでの習慣と比べるから尊厳がどうのとか言いだすんだよ。尊厳も大事だけど、余裕がなくなったら合理化も受け入れないといけないだろ」

半ばごり押しの好太郎に、泉が冷ややかな目を向ける。

「あなた、自分がお義父さんの便の処理をするのがいやだから、人工肛門に惹かれてるだけじゃないの」

「そんなことないさ。ストーマとバルーンは理にかなってるから注目してるのさ。おしめの交換と陰部洗浄にかける手間を考えてみろよ。はるかにいいだろう」

泉は好太郎を見据えて低く言った。

「そんなに合理主義に傾いてたら、そのうちに胃ろうも造れって言いだすわね。胃ろうにしたら、食事介助もうんと楽になるものね」

「そこまでは言ってないだろ」

反論のトーンが落ちる。胃ろうがもたらす非人間的な弊害は、好太郎も前から新聞などで読んでいた。

泉はさらに強い調子で責める。

「あなたもいずれ高齢者になるのよ。そのとき、オシッコの管を入れて、人工肛門にするのね。オシッコとウンコの袋をつけてすごすのね」

好太郎はふたたび言葉に詰まる。そうなったときの自分を想像し、激しく首を振りたい気分になる。二〇二五年問題ばかり取り沙汰されているけれど、好太郎が七十五歳になる三十年後は、今よりもっと少子高齢化が進んでいるはずだ。当然、介護の担い手も減っているだろう。今まで介護する側でばかり考えていたが、すぐに自分が介護される側にまわるのだ。そのときストーマやバルーンを受け入れられるのか。

サイトの医師も書いていた。介護は有限な資源である。だから合理化も致し方ない。

大いにうなずいて読んだが、この問題はまさに自分が老いたときに待ったなしになるのだ。恐ろしい。

「どうして人間は排泄なんかしなきゃいけないんだろ」

好太郎は当面の問題から逃げるように、抽象的なテーマに考えを逸らした。当然ながら答えは出ない。思考はさらに空想の世界をさまよう。

「ウンコが出ない食べ物とか、発明されないかな」

「バカバカしい。そろそろお義父さんのおしめが濡れてるころよ」

泉は呆れたように席を立ち、排泄の問題はまったく改善されないまま放逐された。

18

日曜日の午後、玄関扉のインターホンが鳴ったので、好太郎が出ると、となりの小野田夫妻が妙な愛想笑いを浮かべて立っていた。休日なのに小野田は背広姿で、ネクタイは締めていないが、となりへ来るだけなのに革靴をはいている。妻も相変わらずのスッピンの引っ詰め髪だが、外出用らしいカーディガンにスカートを合わせている。

「先日は失礼しました。その後、お父さまのお加減はいかがですか」

「はあ、特に変わりはありませんが」

戸惑い気味に答えると、奥から泉も不審そうに出てくる。好太郎は、またイチャモンをつけに来たのなら毅然たる態度で追い返してやると肩を怒らせたが、小野田夫妻は不自然な腰の低さで畏（かしこ）まっている。

来意を訊ねると、茂一の見舞いに来たとのことだった。

「ありがとうございます。でも、あいにく父は今、昼寝中なんですが」

気持だけ受け取って終わりにしようとすると、小野田がさり気なく手土産らしい袋をちらつかせた。好太郎が目を留めると、どら焼きを買ってきたと言う。

「それならせっかくですから、どうぞ中へ」

招き入れると、二人はそそくさと靴を脱いで上がった。リビングに通してソファを勧める。泉はキッチンで日本茶の用意をした。

小野田夫妻は突然の訪問を詫びたあと、口々に言った。

「お父さまをご自宅で介護されていらっしゃるのは、本当にご立派ですね。頭が下がります」

「そうです。わたしたちにはとてもまねができません」

「いや、それほどでも」

愛想のいい物腰に戸惑いながら、好太郎も笑顔を作った。

「でも、いろいろご苦労もあるのじゃありませんか。ご主人はずっとお父さまに付き添っておられるのでしょう」

「一応、そのようにしています。ご近所に迷惑をおかけしてもいけませんのでね」

軽くジャブを放ってみるが、小野田と妻は曖昧な表情を浮かべるばかりだ。小野田が額に汗を浮かべながら言った。

「私たちは、その、いわゆる認知症がどんな症状になるのかよく知りませんので、きっと大変なんだろうなと思いまして」

「はあ、それはまあいろいろと」

好太郎は先日の徘徊散歩事件を、半分笑い話にして披露した。小野田夫妻は興味深そうに聞くそぶりを見せながら、愛想笑いもおざなりで、どこか心ここにあらずの風情である。

泉がお茶をいれ、「お持たせで恐縮ですが」と、小野田が持参したどら焼きを銘々皿に載せて供した。

「父は甘いものが好物なんです。きっと喜びますよ」

好太郎がどら焼きを手に取り、一口食べて、「うまいな、これ」と、愛想を言った。

口をもぐもぐさせながら沈黙を続けると、ようやく小野田が口を開いた。

「ところで、お父さまはふだんどのようなお食事をお召し上がりですか」

泉と顔を見合わせてから、とりあえずありのままを答える。

「ふつうの食事ですよ。ご飯は軟らかめですが、おかずはハンバーグとか天ぷらとか、この前はチンジャオロースをうまそうに食ってたな」

「昼はおそばとか、チャーハンなんかも作るわね」

泉が補足すると、小野田がそれに絡めるようにして聞いた。

「お父さまがご自分で料理されたりもするんですか」

「それはないです。さすがに」

好太郎は苦笑したが、小野田の表情は硬いままだ。妻が代わりに聞く。

「お父さまは台所には行かれないんでしょうか」

「部屋の中をウロウロしますからね。台所に行くこともありますよ」

「台所で何をされるのですか」

「ぼんやり立ってるだけですよ。なあ」

好太郎が確認すると、泉が訂正した。

「冷蔵庫を開けたり、食器棚を開けて中のものを出したりもするじゃない。目につくところに食べ物を置いておくと、調理してないものでも食べたり、包装紙のままかじったりするんです。だから、引き出しに鍵をつけて、食品はそこにしまうようにしてます」

「そういや、ご飯を炊いてる途中に炊飯器を開けたこともあったな。ハハハ」

笑いを誘ってみたが、小野田夫妻は不安そうに顔を見合わせるばかりだ。

泉がさらに付け加える。

「冷蔵庫を開けると、中のものを見境なしに口に入れるので、キッチンを使わないときは専用のロックをつけてます。今、そういうのが通販で買えるんですよ」

小野田夫妻がわずかに表情を緩めた。二人は認知症介護のコツみたいなものを聞きに来たのか。そう思った好太郎は、ケアマネージャーの水谷に教えられた話を披露した。

「鍵をつけるのは本当はよくないらしいです。でも、ある程度はやむを得ません。食べたらだめとか、台所へは行くなとか、否定的な指示もよくないそうです。認知症の人は具体的な内容はわからなくても、怒られてるとか、咎められてるという感情はわかるようですから」

「はあ……」

予想した反応は返ってこない。

「あと、触られて困るものは、手の届かないところに置くとか、見えないようにするとかですね。水道の蛇口を開きっぱなしにしたこともあったので、これは私が力いっぱい締めることにしてます。そしたら、妻も開けられなかったりして、私が呼ばれるんですが。ハハハハ」

冗談めかして言ったが、小野田夫妻は笑うどころか、ますます表情を強ばらせている。

不審に思って、好太郎が訊ねた。

「どうかしましたか」

「いえ。ところで、お宅には虫メガネは置いてらっしゃいませんか」

小野田が額の汗をハンカチで拭いながらあたりを見まわす。

「あったかな」

横を向いて聞くと、泉も首を傾げる。

「この部屋は太陽の光もよく入るようですし、特に大きいサイズのもの。天眼鏡みたいなものは」

「ないと思いますが、どうしてですか」

「いや、お父さまは老眼でしょうから、新聞などお読みになるときに、お使いになるのではないかと思いまして」

不器用な誤魔化し笑いを見せる。認知症の茂一が新聞を読むはずないではないか。

続いて妻が声を震わせて訊ねた。

「お父さまはタバコはお吸いになりませんか」

「吸いませんが」

「失礼ですけど、矢部さんご夫妻も?」

「ええ」

「でしたら、百円ライターのようなものは手近にはございませんのね」

夫妻は安堵の表情を見せる。そこまで言われると、さすがに好太郎も二人の訪問の真意に気づいた。

「あの……」と言いかけると、小野田が性急に遮って身を乗り出した。

「台所に話をもどしますが、お宅のコンロはガスですか、IHですか」

「ガスですけど、それがいったい小野田さんたちに何の関係があるのですか」

姿勢を正し、面と向かって声を改めた。ひるむかと思いきや、小野田は待ってましたとばかりにまくしたてた。

「火の不始末が心配なんです。いくらマンションでも、お宅が火事になったら延焼の危険があるでしょう。ただでさえ、お宅の台所はうちのリビングと背中合わせなんだから、火が出たらこちらにも被害が出るにちがいない。消防車の放水は徹底的にやりますからね。うちも水浸しになるでしょう。うちはリビングにボヘミアングラスとか、マイセンのカップを並べてるんです。海外旅行や出張のときに買ったんです。火事でそれらが割れたりしたら、弁償だけではすまないんですよ。それぞれに思い出が詰まってるんだから」

「待って下さい。父は今まで火の不始末など、一度も起こしたことはありませんよ。どうしてそんな大袈裟なことをおっしゃるんです」

「どこが大袈裟ですか。認知症が原因の火の不始末は、毎年あちこちで発生してるんです。となりでいつ火事が起こるかわからないと思うと、気が気でなくて夜も落ち着いて眠れません。この前も新聞に出てましたが、認知症の人は週刊誌を載せたままガスコンロに火をつけたり、紙くずを燃やしてゴミ箱に捨てたり、新聞紙をトースターに入れて焼いたりした例があるそうです。お宅のお父さまがそういうことをしないという保証はあるんですか」

ひどい。あまりに心配が空想的すぎる。認知症に対する悪意さえ含んでいる。好太郎は頭に血が上り、拳を強く握って言い返した。

「そんなに心配なら、父にはいっさい火の気に近寄らせないようにしますよ。台所にも鍵をかけます。いや、うち中すべての扉に鍵をつけます。それで父が起きている間は、私が片時も父のそばを離れないようにします。それでよろしいか」

小野田夫妻は十分納得できないのか、微妙な目線を交わし合っている。好太郎は思わず怒鳴った。

「まだ不満なんですか。それじゃあ一日中、親父をベッドに縛りつけておきますよ。それならご満足ですか」

「何も、そこまでは」

語勢に押されて小野田がわずかにひるんだ。妻も夫の陰に身を寄せる。

「とにかく、火事を出さないようにしていただければいいのです。こちらとしてもお願いするしかありませんから、どうぞよろしく」

小野田はこめかみから汗を流し、眼鏡のレンズを半分曇らせて席を立った。妻もそそくさと続く。

夫妻を帰らせたあと、好太郎は荒々しく玄関の扉を締めて泉に言った。

「塩を持ってこい、塩を」

19

数日後、泉が買い物から帰ってきて、好太郎に言った。

「あなた。おとなりが廊下に大きな消火器を置いてるわよ」

「消火器？」

ソファに寝転んでいた好太郎が、読んでいた本を置いて起き上がる。

「おとなりとうちの間にでんと置いてるのよ。お義父さんが火事を出したら使えという意思表示じゃないかしら」

「嫌みな野郎だな。廊下は共有部分だから、私物を置くのは禁止だろう。小野田はときどき自転車も置いてるんだよな。一階に駐輪場があるのに、駐輪代をケチってふだんベランダかどっかに置いてるんだ。よし、俺が言いに行ってやる」

「何て言うの」

「消火器を置きたけりゃ、部屋の中に置けってな」

好太郎は憤然と廊下へ出た。矢部家と小野田家のちょうど境目あたりの廊下に、高さ六十センチほどの大ぶりの消火器が置いてある。上から眺めると、使用法の説明や注意書きの横に、『業務用消火器』という表示が目に入った。下に『ご家庭には住宅用消火器をお使いください』とも書いてある。

「ふざけやがって。そんなにことを大袈裟にしたいのか」

好太郎は突き返してやろうとばかりに消火器を持ち上げた。意外に重い。と思った瞬間、手が滑って落としてしまった。鈍い金属音がして、はずみで黄色い安全ピンがはじけ飛んだ。あっと思ったが、消火器は横倒しのまま静止している。

危なかった。安全ピンが抜けたところで、黒いレバーを握らなければ中身は出ないはずだ。ひとまず安堵の息をつくと、シューッという不吉な音が聞こえた。ガス洩れかと思う間もなく、はずれたホースの先から勢いよくピンク色の粉末が噴出した。慌てて押さえようとすると、ホースが左右に激しく揺れながら、好太郎の顔にまともに消火剤を吹きつけた。

「はうっ」

思わず後ずさり、両手で目鼻を覆う。中学生のとき、グラウンドに白線を引くのに使った石灰のようなえぐいにおいが鼻腔に広がる。細目を開けると、消火器は横倒しのまま、荒れ狂ったヘビのようにホースを振って薬剤を吐き出している。

好太郎はピンク色の煙幕を避けて、自宅前まで退却した。すがるように扉を開け、泉に助けを求めた。

「おい、出てきてくれ」

「あなた、どうしたの」

上半身がイチゴミルク色に染まった夫を見て、泉は絶句した。好太郎が廊下を指さすと、泉は顔を出し、とっさの判断で夫を玄関に引き入れた。

「あのままで大丈夫か」

「玄関を開けてたら、うちの中まで消火器の粉だらけになるじゃない」

さすが女性の防衛本能はすごいと感心しつつ、好太郎は息をひそめる。

「あなた、いったい何やってるの」

経緯を説明するが、弁解の余地はなく、己の鈍くささを口ごもりながら説明するばかりだ。消火器はいったん噴き出すと、中身がなくなるまで止まらないと泉に教えられ、好太郎は絶望的な気分になる。そうこうする間にも、泉はリビングにとって返し、消火器暴発の事後処理をパソコンで調べはじめた。

「消火器の粉は粒子が細かすぎて、掃除機はすぐ詰まるらしいわよ。箒で掃いて、あとは雑巾かスポンジで拭き取る以外ないみたい」

しばらく待って、扉を細く開けてみる。あたりはピンク色の靄がかかったようで、視界は二メートルほどしかなかった。消火器の噴出は止まっているようだ。

「ひどいことになってるな。だけど、中身は出尽くしたみたいだぞ」

「まだだめよ。慌てて拭いても、空中に漂ってるのが落ちてきてまた汚れるから、落ち着くまで待たなきゃ」

扉を閉めようとすると、となりで「ぎゃっ」という悲鳴が上がった。小野田の妻が顔を出したらしい。仕方がないので、好太郎は廊下に出て小野田宅へ向かう。

「すみません。消火器を倒してしまって」

そもそもそっちがこんなものを置くからだろうと罵りたくなるが、この惨状ではそうもいかない。

「すぐにきれいにしますから。少しお待ちください」

泉も出てきていっしょに謝ってくれる。

「よろしくお願いします」

小野田の妻は陰気な声で言い、扉を閉めた。五分ほどすると、箒とちりとりを持ってふたたび出てきた。掃除を手伝ってくれるようだ。泉が「私たちでやりますから」と遠慮しても、小野田の妻は「いいえ」と首を振り、箒を使いだす。そして、消え入るような声でつぶやいた。

「うちが廊下に消火器を置いたのもいけないんです。わたしはやめてって言ったんですが」

どうやら、問題はあの小太りの汗かき亭主のほうらしかった。

20

その晩、好太郎は泉といっしょに小野田宅に行き、消火器を暴発させたことを謝った。火事対策は自分の家に消火器を二本置くことで納得してもらった。もちろん小野田宅用にも一本買って弁償しなければならない。不本意だったが、失態を犯したのは自分だからと己を納得させた。

翌日、好太郎は気分転換を兼ねて、レンタルショップにＤＶＤを借りに行った。たまたま前から気になっていた作品を見つけたので、迷わず借りて茂一の部屋に持っていった。

「父さんが前に観たいと言ってた手塚治虫の『ブッダ』だよ」

『手塚治虫のブッダ――赤い砂漠よ！　美しく』は、茂一がまだまともだったころ、いっしょに観に行かないかと好太郎を誘ったアニメーション映画だった。茂一はどういうわけか、ひとりで映画を観るのを好まず、たまに母と行くこともあったが、たいていは好太郎か弟の裕次郎がお供をした。歴史物が好きで、『ラストサムライ』や『桜田門外ノ変』、『レッドクリフ』のｐａｒｔⅠとⅡなどをいっしょに観た。

茂一は若いころから仏教が好きで、特にその哲学的な側面に興味を持っていた。「少欲知足」とか「莫妄想（妄想するなかれ）」などが好みの言葉で、現実を率直に受け入れることを重視していた。はじめは辛気くさいと思っていたが、好太郎も長ずるに従い、その意味を徐々に理解するようになった。

また、茂一は手塚治虫も好きで、中でも『火の鳥』のシリーズは、輪廻転生の仏教思想が織り込まれていると高く評価していた。そういうわけで、『ブッダ』は自分の好きなものが融合した作品として、ぜひ観たいと思っていたようだ。

ところが、好太郎がネットで予告編を見てみると、アニメーションは底の浅いヒューマニズムがテーマで、仏教的な思想などほとんど出る幕もないストーリーのようだった。

それで好太郎は、「内容がくだらない」と言って、観るのを断った。茂一は、「そうなのか」と落胆したような表情を浮かべ、観るのをあきらめてしまった。裕次郎と観に行くこともできただろうが、好太郎が蔑むように否定したので、なんとなく行きづらかったのだろう。

その後、茂一は認知症の症状が進み、映画に行くどころではなくなった。まさか映画の誘いを断ったことが認知症の悪化につながったのではないだろうが、好太郎はずっとそのことが心に引っかかっていた。DVDを借りてきたのは、その罪滅ぼしの気持がないでもなかった。

「部屋を暗くして、映画館で観ているようにするからね」

好太郎は遮光カーテンを閉め、照明を消してDVDをセットした。茂一のベッドを起こし、自分もその横に座る。

オープニングは、飢えた仙人に食べさせるために、自ら火に身を投じるウサギのエピソードだ。逸話は知っているが、いかにも自己犠牲を美化する描き方で、いきなりうんざりさせられる。その後も身分差別は許せないとか、力による支配は認められないとか、観ているほうが気恥ずかしくなるようなきれい事が続き、予告編に抱いた印象はまちがっていなかったと、好太郎は再認識するばかりだった。

(やっぱりつまんないよな)

そう声をかけようとして、好太郎は口をつぐんだ。茂一がじっと息を凝らして画面を見つめていたからだ。ストーリーがわかっているかどうかは別として、観たかったアニメーションだという思いが、脳のどこかによみがえりかけているのかもしれない。シャカ族の父王が幼いシッダールタを教育する場面で、好太郎はふと、茂一が自転車の練習に付き合ってくれたことを思い出した。幼稚園のころで、両側に補助輪をつけて練習していた。その前に一度、補助輪のない自転車に乗って、派手に転倒したので、怖くて補助輪をはずせなくなっていたのだ。

そのとき、母の康子（やすこ）がようすを見にきて、どんな調子、と訊ねた。

——補助輪はほとんど地面についてないよ。

好太郎にではなく、母に向けた言葉だったが、それが不思議に恐怖心を取り除いてくれた。補助輪をはずし、後ろから父に支えてもらって、恐る恐るペダルを漕いだ。支えがないと倒れそうで、放さないでよと父に懇願した。

——ああ、放さない。

父は走りながら荷台を押さえてくれた。好太郎は繰り返し、放してない？と確かめた。放してない、と言いながら、父の声は徐々に後方に離れていた。それで好太郎は自分が補助輪なしで走っていることを自覚し、自転車に乗れるようになったのだった。

些細なことだが、幼い心にひとつの達成感が湧いた。頑張ればできるという努力に対する信頼感のようなものだ。自分がいろいろなことに頑張れるのも、そういう体験が影響しているのかもしれない。

茂一のようすをうかがうと、コーンヘッドのようなはげ頭を立て、濃い眉を吊り上げている。ふいに「ウヘヘヘ」と笑ったりするので、別に機嫌が悪いわけではなさそうだ。

アニメーションは王子と奴隷女の恋愛や、二人が無理やり引き裂かれる悲劇など、ありきたりなプロットで進んでいた。主人公のシッダールタも素朴な悩みに振りまわされ、いっこうに思想的な深みが感じられない。

退屈まぎれにため息をつくと、ふと小野田のことが思い出された。

「となりの小野田ってのは、ほんといやなヤツなんだ。いくら火の不始末が心配でも、廊下に消火器を置くことはないよな」

昨日の失態が頭をかすめ、不愉快になる。

「やることが陰湿なんだよ。だいたい顔からして陰気でさ。職場でもきっと仕事のできない窓際公務員だよ」

独り言のつもりだったが、ふと気づくと茂一が横目でにらんでいた。観賞の邪魔をするなという顔だ。

「あ、ごめん」

謝ると、またモニターに向き合った。話の筋がわかって観ているのだろうか。表情を盗み見ると、目には力があり、視線は画面の動きを追っている。

その横顔を見ていると、ふと予備校時代の記憶がよみがえった。

茂一は数学の教師だったが、好太郎が現役で受験するときには、指導めいたことは何も言わなかった。予備校で模試を受けたとき、数学の問題を自分なりに解いて、証明できたと思ったのにバツで返ってきた。そのことを父に言うと、おまえの解はまちがってないが、遠まわりなんだと言われた。

遠まわりでも、証明ができてればマルにすべきだろうと反論すると、父は諭すように言った。

――この問題は、微分方程式を思いつくかどうかを見てるんだ。数学の問題は、どの公式を使うか見分ける能力が試される。問題は全部そういう意図で作られてるんだ。出題する側の気持を考えてみるといい。

そこで好太郎は気がついた。出題する側の気持というのは、つまりこうだ。問題を見たとき、生徒はふつうこう考える、だがそれでは解けないように問題を仕組む。その意図を汲み取って問題を眺めると、いくつかのパターンが見えてきた。引っかけ、目くらまし、意表を衝くなどのヒネリだ。それがわかると、数学の問題がパズルのように解けるようになった。

――物理の問題も同じだぞ。

物理も公式の応用問題が多い。出題者の気持で問題を見るようになってから、解答の仕方がわかって、偏差値もぐんと上がった。なぜ現役のときに教えてくれなかったのかと恨めしかったが、高校のころは反抗期の真っ只中で、父が教えようとしても端から聞く耳を持たなかっただろう。父は好太郎が受け入れられるようになるのを、辛抱強く待ってくれたのだ。

自然と父に対する感謝の念が湧いた。茂一を見ると、相変わらず真剣な目を画面に向けている。

「父さん」

呼びかけたが反応はない。好太郎は胸の内でつぶやく。

(そのままでいいよ。僕は父さんに感謝してる。僕が反抗期のとき、怒ったりせず大らかにやり過ごしてくれたから、こじれずにすんだんだね)

精いっぱいの気持を込めて、茂一を見た。具体的な内容は伝わらなくても、思いは伝わると、宗田医師は言っていた。だから言葉にしなくてもいい。そうすれば父も人間的な感情がよみがえるかもしれない。

「ねえ、父さん」

自然に声が出た。父もわかってくれただろうと思ったとき、突然、太い笑い声が洩れた。

「ウワハハハハ。ふぁーあ」

茂一は大欠伸(あくび)をして、スイッチが切れたように首を垂れた。いびきが洩れはじめる。アニメーションはクライマックスを迎えていたが、茂一は座ったまま熟睡していた。感謝の気持が伝わったようすはまるでない。好太郎は空しい気分に襲われ、いったい何のためにこのDVDを借りてきたのかと嘆息した。

そのとき、画面から吉永小百合のナレーションが流れた。シッダールタが王子の身分を捨て、ひとり荒野にさまよい出る場面だ。

『……生きているかぎり、死ぬまで人は苦しみ続けるのです。

その苦しみとは苦痛ではなく、思うがままにならないことです。

思うがままにならないことを、思うがままにしようとして、人は苦しむのです』

父が仏教思想の本質として話していたことはこれだ。結局、自分が思い悩むのは、父を思い通りにしたいという欲望なのか。簡単にできないと知りながら、無意識のうちに求めてしまっている。

いつの間にか画面はエンドロールに変わり、X JAPANのテーマが流れていた。

茂一のいびきはますます大きくなるばかりだった。

21

好太郎はときどき駅前のパティシエールに行く。茂一のおやつに甘いものを買うためだ。

この日はアップルパイを買って、小箱を片手にマンションにもどってきた。エレベーターに乗ろうとすると、偶然、となりの多谷といっしょになった。彼もコンビニの帰りらしく、店の袋を提げている。

挨拶のあと、多谷が笑顔で好太郎に聞いた。

「そう言えば、お父さまをご自宅に引き取られるというお話でしたな。もうこちらに来られたのですか」

「ええ。三週間ほど前から」

「親孝行ですな。お父さまもさぞかし喜ばれてることでしょう」

「いやあ、どうでしょう。例の病気もありますから」

「例の病気？」

怪訝（けげん）なようすで表情を曇らせたので、好太郎は慌てて補足した。

「体調が悪いわけじゃないですよ。ほら、アレです」

「アレと言うのは」

まだわからないようすだ。三枝子さんから聞いていないのか。あまり言いたくないが、仕方なく口にする。

「認知症ですよ。少し前に奥さまに伝えましたが、お聞きではないですか」

「えっ。ああ、そうでしたな。いや、それは大変でしょう。ハハハ」

とってつけたように笑い、階を示すランプを見上げる。八階に着くと、「それじゃ」と、そそくさと先に廊下に出て行った。

妙な気分で見送っていると、多谷は何もないところでつまずき、踊るような恰好でよろけた。駆け寄ろうとしたが、多谷は逃げるように部屋の中へ入った。

「ただいま」

好太郎は自宅にもどり、アップルパイを冷蔵庫に入れてから泉に言った。

「今、多谷さんのご主人に会ったんだけど、親父を引き取ったことも、認知症のことも知らなかったみたいだぞ」

「そんなはずないでしょ。前に奥さんに、ご主人にもお伝えくださいって頼んだんだから」

「だけど、ぜんぜんピンと来てないみたいだった」

泉はダイニングテーブルで見ていたパソコンから顔を上げ、状況を分析した。

「可能性はふたつね。奥さんがご主人に伝えるのを忘れたか、ご主人が聞いたのに忘れたか」

「そう言えば、多谷さんちょっと慌ててたな。思い出したというより、取り繕って話を合わせてる感じだった」

「それって、もしかして」泉は腕組みで考え、キラリと推理の目を光らせた。

「多谷さんのご主人もはじまってるのかも」

「やめろよ、そんな不吉なことを言うの」

好太郎は顔をしかめて目を背けた。

「でも、もしそうだったら病院に行ったほうがいいんじゃない。早く治療をはじめたら、重症にならなくてすむんだから」

「そんなことないさ。宗田先生も言ってたけど、無理に病院に連れて行くのがいちばんよくないんだ」

「じゃあ放っておいていいの。今なら間に合うってこともあるじゃない。気づいてるのに知らん顔するのは不親切よ」

「おせっかいということもあるぞ」

「あなた、面倒くさいだけでしょ。いつもそうなんだから」

「そんなことあるかよ」

「あるわよ。だいたいあなたは近所付き合いが苦手で、管理組合のこともみんなわたし任せなんだから」

「ちょっと待てよ。なんで他人の認知症で、うちがもめなきゃいけないんだ」

それもそうねと、泉も肩の力を抜く。

しばらくすると、玄関のインターホンが鳴った。好太郎が扉を開けに立つと、多谷が恐縮したようすで佇んでいた。

「先ほどはどうも。少しお邪魔してもよろしいですか」

奥から出てきた泉と顔を見合わせ、中へ招き入れる。気の置けない間柄なので、ダイニングの椅子を勧めた。泉がお茶をいれようとキッチンに向かうと、多谷は「どうぞ、お構いなく」と遠慮した。何か改まった相談事があるようだ。

「お父さまのご病気のことなんですが、家内におっしゃったのはいつごろでしたか」

「二週間ほど前かな。妻と二人でお伝えしたんですが」

「そうですか」

気落ちしたように顔を伏せる。指先がかすかに震えている。対応に迷っていると、多谷が消沈した声で語りだした。

「お恥ずかしい話なのですが、家内は少し前からもの忘れがひどくなって、今話したことを忘れたり、頼んだことを聞いてないと言ったりするようになってるんです。買い物に出て、帰り道がわからなくなったこともあります」

問題なのは多谷ではなく、妻の三枝子さんのほうらしい。泉が慰めるように言う。

「この前、廊下で奥さんにお会いしましたけど、ぜんぜんふつうでしたよ」

「人さまの前では緊張するのか、わりとまともなんです。でも、私と二人のときは、話がかみ合わなかったり、洗濯物を乾かさずにしまったり、明らかにおかしな状態で」

多谷はすでに三枝子さんの認知症を認めているようだった。それなら安易な慰めより、実際的なアドバイスのほうがいい。そう判断したらしい泉が、親身に声の調子を改めた。

「ご心配でしたら、専門のお医者さんに診てもらうのがいいんじゃないですか」

「いえ。病院に行くつもりはありません」

予想に反した返答に、泉は一瞬たじろいだ。多谷が冷静に続ける。

「私は製薬会社の研究部門にいましたから、ある程度は医学的なこともわかるんです。家内はおそらくアルツハイマー型の認知症ですが、残念ながら、有効な治療法はありません」

「でも、進行を抑える薬があると聞きましたが」

「奥さん。それは製薬会社がそう宣伝しているだけで、実際にはほとんど効果はないんです。一般の人には心の支えが必要ですから、医者も製薬会社も有望なように言いますが、実際はほぼ気休めです。家内を病院に連れて行って、認知症の検査を受けさせたり、薬をのませたりすると、よけいに本人を落ち込ませることになって、よくないと私は思うんです」

「賛成です」

好太郎が我が意を得たりというふうに身を乗り出した。

「認知症は基本的に治らないんですよね。それを無理に治そうとするのがよくないと、私も専門家の医師の講演で聴きました。それより現状を肯定して、認知症の人をそのまま受け入れる。それが望ましい認知症の介護だと、その講演で悟らされました」

横で泉が、またはじまったというようにため息をつく。好太郎は構わず続ける。

「ご主人がそれだけ理解なさっているのなら、きっと奥さまも穏やかに療養できますよ。大事なことは、トラブルに対して心の準備をしておくことですね。そうすれば少々のことがあってもうろたえずにすむ。うちの父だって、私が息子だってことも十分にわかってないみたいですがね、そんなことは気にしません。父がこの家にいてくれるだけで満足なんです。父には感謝すべきことがたくさんあるので、いわば恩返しの気持で介護してるんですよ」

好太郎が晴れ晴れした調子で言うと、泉は横を向き、あきれたように天井を見上げた。

好太郎が満面の笑みで言い足す。

「もしも介護で何かお困りのことがあれば、いつでもご相談ください。父のほうが重症な分、お役に立てるかもしれません」

「ありがとうございます。その節はよろしくお願いします」

多谷がていねいに頭を下げると、好太郎はふと思いついたように声をひそめた。

「ひとつご忠告させていただきますが、８０１号の小野田さんには、奥さまのことはおっしゃらないほうがいいですよ」

「どうしてです」

「あそこの家は認知症に偏見があるんです。特にダンナがね。うちの父にもまるで妄想みたいな心配を持ち出すんですから」

どうしようもないという顔で首を振ると、多谷が困惑したように頭を掻いた。

「実は、小野田さんにはもう家内のことを話したんです。この前、ロビーの郵便受けのところでご主人と会ったとき、成り行きでそんな話になって」

それはまずいと思ったが、すでに知られているのなら仕方がない。

「何も言われませんでしたか」

眉根を寄せると、多谷も表情を曇らせてつぶやいた。

「そう言えば、小野田さんは心なしか、顔を引きつらせてましたな……」

22

「もしもし。その後、父さんは変わりない？」

弟の裕次郎から電話がかかってきたのは、茂一を引き取って三週目の土曜日の午後だった。それまでにも一度、自宅介護をはじめた直後に連絡があった。大阪にいる裕次郎は、父の介護を兄にまかせきりにしていることに負い目を感じているようだった。

「大丈夫だ。案外順調にいってるよ」

「兄さんが前に言ってた認知症介護の極意が効果を発揮してるんだね」

「まあな」

ヨイショ気味のねぎらいに、好太郎は満足そうにうなずく。茂一をマンションに引き取ると決めたとき、宗田医師の講演で聞いた介護の極意を、泉にしたのと同じく、裕次郎夫婦にも熱く語っていた。

「兄さんと義姉(ねえ)さんにばかり世話をかけて、ホント、申し訳ないと思ってる。ようすを見に行きたいんだけど、なかなか時間が取れなくて」

「いいさ。泉も協力的だから心配いらない」

「だれ？　裕次郎さん？」

泉がキッチンから出てきて、小声で聞いた。好太郎はスマートフォンを持ったままうなずく。通話口から裕次郎の遠慮がちな声が聞こえる。

「でも、父さんの認知症はかなり進んでるんだろ。いろいろトラブルもあるんじゃないか。介護疲れは大丈夫かい」

「ぜんぜんオッケーだよ。心の準備さえしていれば、少々のことがあっても慌てることはないからな」

自信満々に応じると、横で泉が眉に唾をつける仕草をした。

「何だよ」

好太郎が不本意そうな声を出すと、気づいたらしい裕次郎が、「義姉さんがいるなら代わってよ」と頼んできた。泉はスマートフォンを受け取ると、笑顔で愛想のいい声を出した。

「裕次郎さん、久しぶりね。……いえいえ、そんなの気にしないで。大丈夫だから。それより朋子(ともこ)さんは元気？……ええ、じゃあ代わって」

朋子もいるのかと、好太郎は口元を歪めた。裕次郎の妻・朋子は看護師で、総合病院の外科病棟に勤めているせいでもないだろうが、物言いがはっきりしている。好太郎の苦手なタイプだ。宗田医師から聞いた話をしたときも、「あたしも前に、認知症は治らないって繰り返しましたよ」と、ぴしゃりと言われ、言葉を返せなかった。

「……ええ、そりゃまったく無事ってことはないわよ。この前も、徘徊は自由にさせたほうがいいとか言ってさ。二時間ほど付き添って、ヘトヘトになって帰ってきたわ。お義父さんがショッピングモールの女性用トイレに入り込んじゃってね」

「おい、余計なことを言うなよ。心配するじゃないか」

好太郎は泉からスマートフォンを取り上げて、朋子に挨拶してから言い繕う。

「大したことはないんだ。ちょっと迷っただけでね。すぐ連れもどしたから、騒ぎにもならなかったし」

横で泉が首を振る。

「あなた、わたしの説明を最後まで聞かないで、大慌てで迎えに行ったじゃない」

「うるさいな。あのときは警察が来てるかと思ったからだよ」

「えっ、警察沙汰になったこともあるんですか」

怪訝そうに聞く朋子を、好太郎は懸命になだめる。

「いや、ちがうんだ。危機管理上、万一のことを考えただけだよ。前にさ、よその家のチューリップを全滅させたことがあったろ。あのとき警察が来て……」

言いながらしまったと思う。この件は裕次郎たちには話していなかった。通話口から朋子のひそめた声が聞こえる。

「お義父さん、警察を呼ばれたことがあるんやて」

電話口に出た裕次郎がなじる口調で言った。

「そんな大変なことがあったのかい。どうして言ってくれなかったのさ。それで、父さんは警察に捕まったの」

「いやいや、捕まったりはしていない。ずいぶん前の話さ。父さんが施設に入る前だよ。あのころほかにもいろいろ問題があっただろう。おまえは離れてるから、心配させるといけないと思って」

「隠されるとよけいに気になるよ。マンションに引き取ってからはほかにないの」

問い詰められるように聞かれ、好太郎は仕方なく、トイレ立て籠もり事件や浣腸大量排泄騒動、小野田の被害妄想クレームのことなどを話した。

「やっぱり大変なんじゃないか。兄さん、認知症の介護は過酷だから、自分で気づかないうちに限界を超えてるってこともあるんだよ。ほんとに大丈夫なのか」

「心配ないって。この前は父さんといっしょにDVDを観たし、アップルパイも二人で食べたし」

「ちょっと義姉さんに代わってくれる」

兄の弁解などまったく無視する冷ややかな声だ。泉がやれやれという顔でスマートフォンを受け取る。

「そうなのよ。……ええ。まあね。……えっ、暴力？　それはまだないけど。ええ、わかってるわ。いえ、うつ病もまだみたい」

「まだって何だよ」

好太郎が真剣に反論する。「裕次郎はむかしから大袈裟なんだよ」と、不満の意思表示に腕組みをする。それにしても泉も泉だ。

「あら、それは困るわね。ちょっと聞いてみる。あなた、あの花、何色かわかる？」

泉が壁のカレンダーを指さす。一面のコスモス畑の写真だ。

「赤とかピンクだろ」

「一応、わかってるみたいよ」

「何なんだよ」

強く聞くと、泉が通話口を押さえもせずに答えた。

「認知症の介護負担が重なると、頭がぼーっとして、花の色がわからなくなったりするんですって」

「冗談言うな。俺は大丈夫だって言ってるだろ」

声を荒らげてスマートフォンを奪うと、向こうは朋子に代わっていた。

「それやったらいいんですけど、裕次郎さんはほんまにお義兄さんのこと、心配してるんですよ。離れてて何にもでけへんので」

あっけらかんとした大阪弁で応じられ、調子が狂う。戸惑っていると、いきなり別のことを聞かれた。

「それはそうと、お義父さん、名前を呼んでくれはりました？」

父を自宅に連れて帰ったら、もう一度、自分の名前を呼んでほしい、それが悲願なんだと、裕次郎夫婦にも伝えていた。

「残念ながらまだなんだ。好太郎の〝こ〟までは出かけたんだけどね」

「ちがうじゃない。あれはたまたまよ。千恵の名前は呼んだけどね」

泉が言うと、好太郎は「千恵のだって、たまたまかもしれないじゃないか」と、不機嫌な声を出す。泉はスマートフォンに顔を近づけて話しかける。

「朋子さん、聞こえる？　好太郎さんは認知症の人には期待しちゃいけないって言いながら、お義父さんにあれこれ期待してるのよ」

「期待はしてない。希望だって言ってるだろ」

「そんなの同じよね。朋子さんはちがいがわかる？」

「似たようなもんだって言ってるわよ」

泉がスマートフォンを耳に当てて答えを聞く。

「どこが似てるんだよ」

ふたたび好太郎が奪い返して、早口に語りかける。

「もしもし。あのね、期待というのは目先の利益を求めることで、希望は明るい未来への思いなんだよ。ニュアンスがちがうだろ。期待は本人の負担になるけど、希望は本人の励みになるんだ。わかる?」

「兄さん。今、介護休業を取ってるんだろ。収入の保証はあるの」

また相手が裕次郎に代わっている。急に話を変えられ、好太郎は混乱しつつも質問に答えた。

「ああ、それなら給付金制度があるから大丈夫だ。あとで三分の二が補塡されるから」

「でも、当面は無収入だろ。こっちは介護を手伝えない分、経済面で支援させてもらうよ」

「いや。それはいらない」

好太郎はきっぱりと拒絶した。

「どうしてさ」

「父さんの年金もあるし、介護費用くらい俺の貯金で十分だ」

「費用の話なの? 裕次郎さんにも分担してもらったらいいじゃない」

泉が耳ざとく聞きつけて口をはさむ。好太郎は「いらないんだよ」と首を振る。「どうして」「俺は長男だからさ」「何、それ」と、二人が短いやり取りをする。

「兄さん。遠慮するなよ。僕も協力させてもらったほうが気が楽だから」

「お金のことは心配しなくていいって言ってるだろ。足りなくなったらまた頼むから」

「どうして断るのよ。はは一ん。あなた、裕次郎さんにお金の支援を受けるのがいやなんでしょ。長男のプライドが傷つくのよね。バカみたい。今どきそんなもの、だれも評価しないわよ」

「うるさいな。足りなくなったら頼むって言ってるだろ」

「あ、兄さん、夫婦喧嘩はやめてよ。ところで、父さんは今、どうしてるの」

また話題を変えられ、声に引きもどされる。

「部屋にいるよ」

「ちょっと話をさせてもらえないかな。電話でも声はわかると思うから」

「無理だよ。父さんはスマホなんか触ったことないんだから」

「それでも話したいんだ。ちょっとでいいからさ」

好太郎は余計なことを言われる前に泉に背を向け、不承不承、介護部屋に向かう。茂一は一人掛けのソファに座っていた。

「父さん。裕次郎から電話だよ」

スマートフォンを手渡すと、茂一は不思議そうにじっと見ている。

「ほら、耳に当てるんだ」

「もしもし、父さん」

通話口から裕次郎の呼びかける声が洩れる。茂一はぐいと耳に押し当て、聞いているようなそぶりを見せる。まさか、わかっているのか。

「父さん。だれだかわかるの」

正解を答えられたらどうしようと、好太郎は一瞬、焦ったが、すぐあとで茂一の口からいつもの空笑の声が上がった。

「ウハハハハ」

ほらな。胸のうちでつぶやき、茂一からスマートフォンを取りもどす。

「やっぱり無理だろ。面と向かってだってスムーズには話せないんだから」

すると、茂一がふいにスマートフォンに手を伸ばしてきた。危うく奪われそうになって、身体を反転させる。

「父さん、これはオモチャじゃないんだから」

「あー、あぁあ」

腕を震わせながら伸ばしてくる茂一を無視して、そそくさと介護部屋を出た。やっぱり何かを感じているのか。まさか、長男の自分がわからなくて、次男の裕次郎の声がわかるなんてことはないだろうな。

不快な予感を頭から振り払いながら、好太郎は弟との通話を終えた。

23

その日の夜、好太郎は風呂上がりに飲む炭酸飲料をコンビニに買いに行った。マンションにもどってきたのは午後九時半過ぎ。エントランスの化粧煉瓦に小学生らしい女の子が座っていた。顔を伏せて、何やらつぶやいている。行くときにはいなかったので、今しがたそこに座ったのだろう。

「チクショー、チクショー」

女の子は悔しそうに声をひそめて繰り返していた。何を怒っているのか。通り過ぎながらようすをうかがっても、こちらを気にする気配はない。好太郎は歩みをもどして、声をかけた。

「お嬢ちゃん、どうかしたの」

女の子は答えない。うつむいたまま、小さな拳を自分の膝に打ちつけている。

「こんな時間にひとりでいたら危ないよ。家の人が心配してるんじゃないか」

女の子は顔を上げたが、すぐまた伏せて首を振った。

「もしかして、このマンションの子かい」

そんな気がして聞くと、女の子は小さくうなずいた。横に勉強用らしい鞄がある。

「塾の帰りか。大変だね。どこの塾に行ってるの」

かろうじて聞き取れるくらいの声で、駅近くにある有名塾の名前を答えた。

「すごいね。勉強ができるんだ」

「勉強できない。だからみんなにバカにされるの」

それで怒っているのか。何年生かと聞くと四年生と答えた。かわいそうにと、好太郎は同情した。千恵も中学受験をしたが、塾に行きだしたのは五年生になってからだ。

女の子が半泣きになりながら声を絞り出す。

「もう塾なんか行きたくない」

「そうなのか。じゃあ、おじさんがお母さんに話してあげるよ」

意外そうな表情で好太郎を見る。出しゃばりすぎかとも思うが、このまま放っておくわけにもいかない。

「風邪をひくといけないから、とにかく中に入ろう」

促すと女の子はのろのろと立ち上がった。半泣きの険しい表情だが、顔立ちはわりとかわいい。エレベーターホールに入って部屋番号を聞くと、８０１と答えた。

「小野田さんちのお嬢さんか」

不貞腐(ふてくさ)れた顔でうなずく。

「おじさんはとなりの矢部だよ」

「知ってる」

予想外の答えに、好太郎のほうが驚いた。小野田の娘、たしか恵理那とかいう名前だった、とはまだ会ったことがないはずだ。

「どうして知ってるの」

「だって、引っ越しのときに廊下で見たもの。さっきも赤信号を無視して、コンビニに入ったでしょ」

思いがけないところで見られている。

「この前、消火器を倒して謝りにきたときも、奥から見てたもん」

まったく油断ならない。

「じゃあ、同じ階だからちょうどよかった」

話を逸らして、下りてきたエレベーターに乗り込んだ。

「塾に行けと言ったのはお母さん？」

「ううん。ダディ」

あのぺったり頭の七三分けがダディ？　笑わせる。そう思ったが娘の手前、失笑は堪えた。

「そうか。じゃあ、お父さんと交渉してあげるよ。でも、手強そうだな」

言ってから、ふといやな予感に囚われた。

「お父さんはうちのことで何か言ってない？」

「何かって」

「となりの矢部は身勝手だとか、自分さえよければいいと思ってるとか」

「別に」

「となりには危険な年寄りがいるとか」

「おじいさんのこと？　認知症だとは言ってたけど、別に危ないとは言ってない」

そうなのか。さすがに娘には露骨な話はしていないようだ。

エレベーターが八階に着いたのでいっしょに出た。廊下を少し歩いたところで、恵理那が立ち止まった。

「やっぱり帰りたくない」

「どうするの。ここまで来てるのに」

好太郎は困ってしまい、とりあえず自分の家に来るかと提案した。恵理那もそれならいいというように、ふたたび歩きはじめた。

施錠せずに出てきたので、そのまま扉を開ける。

「ただいま」

少女連れの夫を見て、泉が棒立ちになった。

「こんばんは。お邪魔します」

恵理那は悪びれず挨拶をして、靴を脱いだ。好太郎は買ってきた飲み物を泉に渡し、事情を説明した。

泉が困惑の表情で言う。

「小野田さんところが心配してるんじゃない。報せたほうがいいわね」

「そんなことしたらすぐ迎えに来るだろう。恵理那ちゃんが落ち着くまで待ったほうがいいよ」

恵理那は二人に構わず、リビングのソファに座ってテレビに見入った。

「恵理那ちゃん。お腹がすいてるんじゃない？」

「大丈夫です。おにぎり食べましたから」

夜食を持って行っているらしい。好太郎は飲み物をグラスに注いで恵理那に差し出しながら、横に座った。

「さっきの話だけど、お父さんは認知症のことをどんなふうに話してた」

「いろいろ心配だって言ってた。あたしにも近づいたらだめだって。ねえ、認知症の人って、そんなに何もわからないの」

「そんなことないさ。よかったらおじいちゃんを見てみるかい」

「うん」

恵理那は元気よく立ち上がった。案外、親の偏見に毒されていないようだ。

「平気さ。ちょっと会わせるだけだから。父さん、まだ起きてるだろ」

介護部屋に向かうと、恵理那は軽い足取りでついてきた。扉を開けると、茂一はベッドの背もたれを上げて、テレビを見ていた。

「こんばんは」

恵理那が物おじせずに近づく。茂一はきょとんとした顔で少女を見る。

「となりの小野田恵理那です。あたしのこと、わかりますか」

「ホッ?」

「あたし、今十歳です。おじいさんはおいくつですか」

茂一の顔から表情が消える。好太郎が穏やかにたしなめる。

「そういう聞き方はよくないんだ。おじいさんは七十五歳ですよねって聞くんだ。そしたら、うんと答える」

「それって、答えたことになるんですか」

素朴な疑問を呈す。好太郎としては答えていると思いたい。

「認知症になったら具体的なことはわからなくても、気持はわかるからね。こっちが好意的に接したら、おじいちゃんもわかってくれるんだよ」

「あなた、大丈夫?」

「ペットと同じなんですね」

「いや、それはどうかな」

好太郎は苦笑いを浮かべたが、もしかしたら、恵理那は素直な感想を述べただけかもしれない。

「おじいさんは長生きですね。長生きって楽しいですか」

「ホホッ」

イエスともノーともつかないが、茂一の表情は穏やかだ。認知症の人と子どもが触れ合うのは、いい効果があると聞いたことがある。

「あなた。もう十時になるから、やっぱりおとなりに一声かけておくわね」

泉が直接、報せに行く。

「もう少しここにいていいからね」

好太郎が言うのとほぼ同時に、玄関に慌ただしい足音が響いた。

「恵理那、どこにいるんだ」

「うわっ、ダディだ」

恵理那が好太郎の後ろに隠れる。だから言わんこっちゃないと思いながら、好太郎は玄関に向かって声をかけた。

「小野田さん。こちらです。心配いりませんから」

介護部屋に七三分けを振り乱した小野田が飛び込んできた。

「恵理那。何をしてるんだ。黙ってこんなところに来て」

動転しているのはわかるが、こんなところという言いぐさはないだろう。好太郎はムッとしたが、自制して笑顔を作った。マンションのエントランスで出会ったことを話すと、小野田は落ち着かないようすで、恵理那を自分のほうへ引き寄せようとした。

「さ、帰るぞ。マミィも心配してるんだから」

「やだ。帰りたくない」

「バカ。こっちへ来い。こんなところにいちゃだめだ」

また同じ言い方をされ、好太郎もさすがに今度は言い返した。

「お嬢さんがいやがってるじゃないですか。もっと冷静になってくださいよ」

好太郎の声など耳に入らないようすで、小野田は強引に娘の手を引っ張る。しかし、へっぴり腰なのと、恵理那が顔をしかめて抵抗するのとで引き寄せられない。それを見ていた茂一が、突然、鋭い声で叫んだ。

「コオッ！」

小野田がびくっとして手を放す。恵理那がふたたび好太郎の後ろに身を隠した。小野田は汗で眼鏡を曇らせながら抗議する。

「な、何なんです、いきなり」

好太郎がしゃがんで恵理那の両腕にそっと手を当てた。

「大丈夫。おじいちゃんは恵理那ちゃんの味方をしてくれたんだ。でも、お父さんも心配してるから、今夜はもう帰ったほうがいいよ」

優しく言うと、恵理那も仕方がないというように、父親のほうに近づいた。

「お世話になりました。こ、こ、このお礼はいずれ、また」

小野田は額から流れる汗を拭いもせずに、恵理那の手を引いて帰って行った。

「父さんのコオッは迫力あるなぁ」

好太郎は後ろにいた泉を振り返り、妙に誇らしげにつぶやいた。

24

翌日曜日の午後、となりの多谷が訪ねてきた。

「ちょっとご相談がありまして」

浮かない顔で目を伏せる。茂一が昼寝中だったので、好太郎は静かに多谷を招き入れた。

ダイニングの椅子を勧め、キッチンにいる泉にコーヒーを頼む。

「お父さまはいかがですか」

挨拶代わりに聞かれたので、好太郎は前夜のことを誇らしげに披露した。

「いやぁ、認知症でも父はけっこう威厳があるんです。昨夜もね、となりの恵理那ちゃんが遊びに来てたのを、小野田が無理やり連れて帰ろうとしたら、大声で一喝して、見事に撃退しましたよ」

多少、脚色しているが、泉には聞こえないだろう。

「で、ご相談って何ですか」

「実は、先日もお話しした家内のことなんですが」

コーヒーを持ってきた泉が、席をはずしたほうがいいのかどうか迷うそぶりを見せた。多谷は「奥さまのご意見もうかがいたいので」と、同席を促す。

「物忘れとか話の辻褄（つじつま）が合わないのはまあいいんですが、最近、私を泥棒扱いするようになりまして。自分が財布を置き忘れたのに、私が盗った、隠したと怒るんです」

暗い話は予想していたが、状況はかなり深刻なようだ。

「昨夜も大騒ぎでした。財布から一万円札がなくなってる、気づいてないと思うのか、あなたが抜き取ったのはお見通しだなどと言って、情けない、泥棒となんか暮らせないと泣くんです。一晩寝たら忘れるかと思ったのですが、こういうことは覚えているらしくて、今朝も顔を見るなり、泥棒、盗人（ぬすっと）と罵倒するので私もやりきれなくて」

好太郎は困った顔で泉を見る。泉は断固たる調子で応じた。

「やっぱり専門の先生に診てもらうのがいいんじゃないですか。うちなんかに相談するより、よっぽど的確な答えが得られると思いますよ」

「それがむずかしいんです。家内は自分が認知症だということを頑として認めず、私が疑っていることとさえ我慢ならないんです。一度、うまいこと言って受診させようとしたんですが、真意に気づくと病院の前で怒りだして、ヒステリーみたいになりました。しばらくはとても連れていけません」

「無理に医者に診せるのはよくないですからね」

好太郎がありきたりな言葉で会話に入る。泉は即座に代案を出す。

「ご主人が代わりに病院に行って、お薬をもらってきたらどうですか」

「多谷さんは薬は効かないって言ってただろ」

「使ってみないとわからないじゃない」

二人が言い合いかけると、多谷が顔をしかめるようにして泉に説明した。

「奥さん。認知症の薬はほんとうにアテにならないんです」

「でも、医療保険で認められてるんでしょう。だったら医学的なデータもあるんじゃないですか」

今回は泉も簡単には引き下がらない。

「データはあります。だけど、実験の内容は極めてお寒いものです。薬の有効性を調べるためには、無作為化比較試験というのをするのですが、奥さんはプラセボ効果というのをご存じですか」

「聞いたことはありますが」

「心理的な影響による薬の効果です。プラセボというのは偽薬、すなわちまったく効力のないものですが、効くと思ってのんだら効果が出るんです。その誤差を差し引くために、比較試験では真薬をのむグループと、偽薬をのむグループに分けて調べます。今、いちばんよく使われている薬のデータが公開されていますが、アルツハイマー病の患者さんのうち、真薬で症状が改善したのは十七パーセントで、偽薬でも十三パーセントが改善しています。単純な引き算では計れませんが、ほんとうに薬で改善した可能性が高いのは、たったの四パーセント程度なんです。これで薬が有効と言えますかね」

好太郎は多谷の言葉にうなずきながら、内心でそんなに効く確率は低いのかと驚く。

多谷が続ける。

「今ある薬は認知症を治す薬ではなく、進行を遅くする薬です。この試験では、真薬をのんだグループは十七パーセントが悪化し、プラセボのグループは四十三パーセント悪化しています。だから有効とされているのですが、不変と判定された人は、真薬もプラセボもわずかしか差はありません。もともと認知症の進行スピードは人によってバラバラです。それをいっしょくたに治験しても、とても意味があるとは思えません」

「ですよね」

好太郎が同意する。しかし、泉はまだ納得しきれない表情だ。

「じゃあ、どうして厚労省は薬を認可するんですか」

「満足なデータの出る薬がないからですよ。ベター・ザン・ナッシングというやつです」

「そんな……」

泉が絶句すると、多谷がポケットから折りたたんだ新聞記事を取り出した。

「先日、新聞に出ていた健康フォーラムの記事です。今日はこれを見てもらおうと思ってうかがったんです。矢部さんはどう思われますか」

記事は二ページにわたる特集で、『健康フォーラム・認知症をあきらめない』と銘打たれていた。横見出しに、『最新医療で治療開発』とか、『ついに発見！ 有効予防法』などの文言が並んでいる。多谷が赤線を引いた箇所を指さして言った。

「コグニサイズというらしいですな。頭を使いながら身体を動かすことが、認知症の予防につながると書いてあります。踏み台昇降をしながらしりとりをしたり、ジョギングのときに百から七を順に引いたりですな」

好太郎もコグニサイズは知っていた。

「国立医療センターの医師が勧めてる予防法でしょう。私はあんまり信用できないですね。だって、認知症の原因が明らかになってないのに、効果的な予防法が見つかるわけないですから」

「やっぱりそうですか」

多谷が落胆のため息を洩らすと、泉は半分意地のようになって声を強めた。

「必ず効くという保証はないかもしれないけど、無意味だという根拠もないんでしょう。やってみれば効果があるかもしれないじゃない」

「そういう安易な慰めはよくないんだ。逆効果ということもあるからな」

「どういうことよ」

泉が不愉快な顔で説明を求めると、好太郎は持ちネタを披露するように答えた。

「あるテレビのコメンテーターが早期の認知症と診断されて、進行を食い止めるためにありとあらゆる方法を試したんだ。脳を活性化させる体操とか、音楽療法だの、ゲーム療法だのに取り組んで、筋トレやダンスや手芸なんかもやったそうだ。それで認知症の進行が止まったと称して、『認知症完全克服！』という本も出したんだけど、結局は認知症が進んで、今は施設に入ってるらしい。過度の努力がストレスになって、逆に認知症を重症化させた可能性があるって、医者がブログに書いてた」

「その本なら知ってます」と、多谷が応じた。「認知症の本人や家族は、なんとか治したい気持が強いから、役立ちそうな情報にすぐ飛びつくんです。医学的な根拠もなく、他人に効果があったからといって自分にも当てはまるとはかぎらないのに、だまされるんです。この新聞記事もそうですが、テレビなんかも期待を持たすような情報ばかり流しますな。まったく罪なことです」

　その言葉に力を得て、好太郎が続ける。

「私が前に聴いた専門家の講演では、認知症を治したいとか、これ以上悪くしたくないとかいう気持が、介護の失敗につながると話してました。現状を受け入れて、ありのままをよしとすることが肝要らしいですよ」

　いつもの持論を口にすると、泉がたしなめるように言った。

「多谷さんは今、困ってるから相談に来られてるのに、ありのままをよしとするなんて、答えになってないじゃない。もっと現実的な方法を考えなきゃだめよ」

　語気の強さに好太郎は黙り込む。多谷が申し訳なさそうに頭を掻いた。

「いや、私がそもそも無理な相談を持ち込んだんです。藁にもすがる気持でコグニサイズはどうかと思ったんですが、アテにならないものに期待しても、結局は失望するだけですからな。踏ん切りがついただけでもありがたかったですよ」

「でも、奥さまのこと、どうされるんですか」

　泉が声を落とすと、多谷は弱々しい笑いを浮かべて言った。

「まあ、焦らずようすを見ていきますよ。泥棒扱いされても、病気がそうさせてるんだと思えば、耐えられないこともないでしょうから」

　まぶたをしょぼつかせ、目にはあきらめを滲ませていた。好太郎は宗田医師の方針が、実際には無力なのではないかと一抹の不安を感じた。

25

午前九時十分。ヘルパーの山村が帰ったあと、泉がキッチンで腕組みをして言った。

「やっぱり山村君のときは多いみたいだな」

「どうした」

好太郎がカウンターからのぞき込む。

「朝食を残す量よ。佐野さんのときはお義父さん、もっと食べるのよ。完食のときもあるくらいだから」

「山村君は食べさせるのが下手なのか。しっかり食べさせてくれないと困るな」

トレイの皿に残った朝食を見て、好太郎は眉根を寄せた。

自宅介護では食事は大きな課題のひとつだ。朝はヘルパーに頼んでいるが、昼と夜の食事はたいてい好太郎が介助している。茂一を引き取ってから、食事介助ではさまざまなトラブルがあった。

とにかく順調に進まない。口を開かない、噛まない、飲み込まないの三大抵抗の拒食。逆に止めどもなく食べる過食。タバコを食べたり、醤油を飲んだりする異食。ほかにも食べ物で遊んだり、食べ物が認識できなかったり、丸呑みしたり、口からあふれるほど詰め込んだりという食行動の異常が問題となる。

茂一の場合、最初のトラブルは異食だった。食事の時間でないのに口をモグモグさせているので、何を食べているのかと見ると、ティッシュだった。オーバーテーブルに置いたティッシュを、まるで生ハムのスライスでもつまむように口に入れていた。好太郎が驚いてやめさせると、茂一は幼児のように口を尖らせて抵抗した。

「紙なんか食べられないだろ」

「ウーッ、ウーッ」

「おいしくないだろ。腸に詰まったらどうするの」

「ウーッ、ウーッ」

会話にならない。取りあえず口の中に残ったものを掻き出して、ティッシュの箱を手の届かないところに退避させた。茂一は大事なお菓子を取り上げられた子どものように、オーバーテーブルをバンバン叩いて不本意を表明した。

続いて起こったのは唾吐き事件だ。泉が夕食を運ぶと、トレイを目の前に置いたとたん、茂一が八宝菜の皿にペッと唾を吐いたのだ。

「せっかく作ったのに、何するんですか。気に入らないことがあるんですか。だったらはっきり言ってください」

甲高い声に好太郎が駆けつけると、泉が嚙みつかんばかりの勢いで茂一に詰め寄っていた。事情を聞いて、「まあまあ」となだめる。

「そんなに怒るなよ。父さんも悪気があってしたんじゃないだろうから」

「悪気があってされたらたまんないわよ」

それ以来、泉が食事を運ぶことはなくなった。料理をやめなかっただけでもありがたいと思わなければならない。茂一はニンジンが嫌いなので、それで唾を吐いたのだろう。そういう意識は残っているようだ。

吐くのは唾だけではない。食べたものも吐いた。反射的な嘔吐もあれば、わざとのときもある。むせて吐くときもある。食べたものを長く口に溜めていると、べェーッと吐く。吐きそうになると、好太郎はペーパータオルを口の下で構える。構えていると吐かない。飲み込むのかと思って、ペーパータオルをどけると吐く。あるいは横を向いて、わざわざペーパータオルをはずして吐く。どこに吐いてもいいように、周囲に新聞紙を敷き詰めると、その外側にめがけて吐く。ひどいときには、好太郎の顔に向けて吐く。「何すんだよ」と怒ると、茂一も不機嫌な顔になり、よけいに反抗的な態度を取る。タオルで口元を拭いてやろうとしても顔を背け、自分の袖で拭う。涎も鼻汁も目やにも一緒くたに拭いて袖を汚す。

味噌汁を出すと、気分によってはご飯とおかずを投入してグチャグチャにする。止めると顔を真っ赤にして怒る。混ぜるだけ混ぜて、結局、食べないことも多い。いったい頭の中はどうなっているのか。

はじめのころは夜中に冷蔵庫を開けて、ボンレスハムを一本丸ごと食べたり、シャケの切り身を生のまま平らげたりもした。インスタントラーメンの袋を開けて、乾麺をかじったこともある。それで冷蔵庫にロックをかけ、保存食の類いもすべて納戸に入れるようにした。

認知症になると、空腹も満腹もわからなくなったり、味覚も衰え、食事の意味さえ理解できなくなったりするらしい。だからこそ食事の介助は重要な意味を持つ。

ヘルパーによって食べる量がちがうのは困るが、取りあえずは実態を見極めなければならない。そう思って、好太郎はまず佐野の食事介助を見せてもらうことにした。

「食事の介助はむずかしいですね。佐野さんはうまいみたいだから、参考にさせてもらってもいいですか」

適当な口実を設けて介護部屋に入ると、佐野はぶっきらぼうに「どうぞ」と答え、トレイをオーバーテーブルに置いた。朝食はいつも粥と小鉢と卵焼きだ。

佐野がスプーンで粥をすくい、塩昆布をまぜて茂一の口元に持っていく。無言の圧力を感じてか、茂一は口を開く。すかさず粥を入れスプーンを引き抜く。茂一は規則正しく嚙んで飲み込む。佐野は卵焼きをスプーンで細かくして、ふたたび構える。茂一は横目で佐野を見て、口を開く。その繰り返しで、皿の上のものが機械的に減っていく。

「よく食べますね。私が介助するときは、そんなにスムーズに進みませんよ」

お愛想を言ってみるが、佐野は答えず、茂一の食事に集中している。食事は進むが、なんとなく堅苦しい雰囲気だ。とても食事を楽しんでいるようには見えない。

好太郎がふたたび声をかける。

「途中で口を開かなくなったら、どうしたらいいんですか」

「じっと待ちます」

「待っても開かないこともあるでしょう」

「いえ。気持を集中して待つと開きます」

たしかに佐野はスプーンを構えて、揺るぎない信念で茂一が口を開くのを待っている。

「口に入れても吐くことはありませんか」

「めったにないです」

佐野は茂一が飲み込むまで厳しい目つきで口元を見ている。茂一は嚙みながら佐野をチラ見し、飲み込んだらまた横目で佐野をうかがう。負け犬のような目だ。もしかしたら、茂一は佐野に動物的な力関係を感じて、従順に振る舞っているのかもしれない。残り少なくなった粥をスプーンにすくうときも、佐野は全部食べさせずにはおかないというような強いオーラを放っている。

完食すると、佐野がようやく笑顔を見せた。

「茂一さん。よく食べましたね」

「ありがとうございます。参考になりました」

好太郎は空の食器を下げながら会釈をしたが、思いは複雑だった。食べるには食べているが、これでいいのだろうか。

山村が来たときも、同じように食事介助を見学させてもらった。

「参考にさせて」と言うと、「僕なんか参考になりませんよ」と謙遜した。実際、山村の介助は素人に毛が生えた程度というか、好太郎のそれとほぼ変わりなかった。むしろ、まだ遠慮がちなくらいで、これでは食べる量が増えないのも仕方ないと思えた。

「茂一さん。お願いですから口を開けてください。今日はお嫁さんが厚揚げを用意してくれましたよ。ほら、卵焼きもおいしそうですよ」

懸命に話しかけるが、茂一は目を背けたまま言うことを聞こうとしない。佐野に動物的な劣位を感じているとするなら、山村には明らかに優位を感じているようだ。

「茂一さん。自分で食べますか。スプーンをどうぞ。お粥に梅干しを入れますね」

茂一にスプーンを持たせて、ほぐした梅干しを載せる。すると、二口続けて食べた。さらに厚揚げにも手を伸ばす。自分で口に入れると、ふつうに嚙んでふつうに飲み込む。

「おいしそうですね。もう少し食べますか。もういいですか」

茂一がスプーンを置く。粥はまだ半分以上残っている。

「もういいみたいですね」

「まだ残ってるじゃないか。せっかく食べはじめたのに、もう少し続けてみたらどうだ」

「はあ……」

気のない返事をして、スプーンを構える。茂一は目を逸らしたまま口を一文字に閉じている。

「やっぱりいらないみたいですね」

これでは量は進まないなと、好太郎は内心でため息をつく。しかし、茂一の表情はことなく穏やかだ。佐野のときは妙な緊張感が漂っていた。食事らしい食事と言えば、山村の介助のほうがいいのかもしれない。

好太郎はもう一つ、思い当たることがあった。これまであまり意識しなかったが、佐野が来た日は茂一の昼食が進みにくく、山村の日は比較的スムーズに進むことが多かった。結局、朝に無理をしてたくさん食べると、昼に食欲が湧かず、朝に無理をしなければ、昼に自然な空腹感が生じるということだろう。

食事を無理に食べさせるのはよくない。しかし、本人がほしがるだけでやめて、必要なカロリーが摂れなかったらどうするのか。水分補給も必要だ。無理はよくないと思いつつも、みすみす栄養不良にするわけにもいかない。ジレンマだ。高齢者の介護には、こういう難問が常につきまとう。

26

茂一は生まれつき歯が丈夫で、多少抜けた歯はあるが、七十五歳の今も入れ歯がない。認知症になると、入れ歯をはめるだけでも一苦労らしいから、その点では好太郎は助かっている。

しかし、嚥下(えんげ)機能が低下しているので、なかなか飲み込んでくれない。嚥下機能を高めるための訓練が新聞に出ていたので、好太郎は茂一に試すことにした。

まず、深呼吸をさせる。続いて首を左右に傾けてゆっくりとまわす。さらに頰を膨らませたり、すぼめたりして、舌を突き出し、左右に動かす。そして、「パパパ」「ラララ」「カカカ」と繰り返し発音させる。

「飲み込むのがうまくなったら、食事も楽しくなるよ。まずは深呼吸から。はいっ、すうー、はあー」

好太郎が実演してみせるが、予想通り、茂一は反応しない。深呼吸は省略してもいいだろうと、首の運動に移る。首を横に傾けると、茂一も傾ける。

「そう、その調子」

ぐるりとまわすが、茂一は首を傾けたままだ。運動しているのではなく、単に首を傾げただけのようだ。頬を膨らませると、今度はにらめっこと思ったのか、茂一も頬を膨らませ、思い切り目を剝く。頬をすぼめると、茂一は噴き出してしまい、自分の負けだというように頭を掻く。好太郎が舌を突き出すと、茂一は試合再開とばかり頬を膨らませる。舌を左右に動かすと、顔をしかめてみせる。今度は好太郎が笑ってしまい、茂一は勝ったとばかり手を叩く。好太郎はガックリうなだれる。

「じゃあ、パパパ、ラララ、カカカと繰り返して」

気を取り直して見本を見せるが、茂一はもう飽きたとばかり、目を逸らしてしまう。それでもめげずに発音を繰り返していると、突然、茂一が「コオッ！」と怒鳴った。うるさいという意思表示だろう。好太郎はため息をついて、嚥下機能の訓練をあきらめる。

この日の夕食はハンバーグとポテトサラダ、ごはんと味噌汁だった。ハンバーグは食べやすいように小さく切ってある。ポテトサラダも柔らかいので先割れスプーンで食べられる。

「自分で食べられるものからどうぞ」

好太郎が促すと、自分でスプーンを使い、ポテトサラダを口に入れた。モグモグと嚙みはじめる。もともとこなれているから、そんなに嚙まなくてもいいだろうと思うが飲み込まない。いつものことなので笑顔で見守る。好きなだけ嚙めばいい。いつまで嚙んでいられるか見せてもらうよという気持で待つ。が、徐々に笑顔が引きつる。いつまで噛んでるんだ。いや、ここで苛立ってはいけない。好太郎は自制心を働かせながら、優しく言ってみる。

「そろそろゴックンしようか」

反応はない。

「じゃあ、お茶を飲んでみようか」

湯飲みを近づけるが、応じない。

「もうそろそろ、いいんじゃない。ハンバーグもおいしいよ」

先割れスプーンにハンバーグを載せてみるが、見向きもしない。

いい加減にしろよと自制心が切れかけると、クッと口の中のものを飲み込む。

「なんだ、やればできるじゃないか。次は味噌汁にしようか」

椀を勧めるが、茂一は見ているだけで手を動かさない。こぼす可能性を恐れているのかもしれないと、好太郎が大きめのスプーンで飲ませてやる。これはすぐ飲み込むだろうと思っていると、「ブッ」と吐き出す。

これくらいで怒ってはいけない。味噌汁は熱くないし、味が濃すぎることもないはずだ。それでも気にくわないと吐く。そのためにプラスチックの涎かけをつけている。強ばった笑顔で、顎に垂れた味噌汁を拭う。

茂一は何食わぬ顔でハンバーグに手を伸ばす。手でつかみかけるので、「はい」と先割れスプーンを持たせる。調子の悪いときは手づかみで食べるが、今日はおとなしくスプーンを使ってくれた。大きな口を開けて放り込む。と同時に、グイッと飲み込む。

「あっ。ちゃんと嚙まなきゃだめじゃないか」

好太郎は慌てるが、飲み込んでしまったものはどうにもできない。

「丸呑みしたら消化に悪いだろ。しっかり嚙んで食べなきゃ。あ、でも、嚙みすぎるのもよくないから、適当にね」

ハンバーグの二切れ目も大口を開けて放り込む。

「嚙まなきゃだめだよ」

すかさず言うと、茂一は不愉快そうな横目で好太郎をにらむ。そして、モグモグと嚙みはじめる。五回、十回、十五回。

「その調子。しっかり嚙んで」

二十回、二十五回、三十回。

「そろそろいいよ。飲み込んで」

茂一はきょとんとして咀嚼(そしゃく)をやめる。

「もう十分だよ。飲み込めるだろう。はい、ゴックン」

また嚙みはじめる。数えるのもいやになる。

「もういいって。口の中がダルダルだろ。むせたらいけないから飲み込んで」

こんなに嚙んでいたら、唾液で液状になって徐々にのどへ流れ込むかもしれない。時折のどが上下しているのは、少しずつ飲み込んでいるのか。

ふと、茂一が嚙むのをやめた。

「もう飲み込んだの」

素直にうなずく。

「じゃあ、口を開けて」

確かめようとすると、口から唾液とハンバーグの残骸が流れ出す。三枚重ねのペーパータオルで受ける。好太郎はフンと鼻息を洩らす。それくらいは予測しているのだ。

「大丈夫だよ。慌てなくていいから。しっかり食べてね。食べないと身体が弱るよ。野菜も食べようね。ビタミンが豊富だからね。サプリメントなんかはよくない。やっぱり自然のものから摂るのがいちばんだもんな」

怒りを抑え、苛立ちを制御し、ムカつくのを我慢して、無理やり笑う。そうやって忍耐力を鍛えれば、心に余裕ができる。介護に大切なのはそれだ。苦労したけれど、今日はよく食べた。これくらい食べたら、体力もつくだろう。

完食した食器を見て、好太郎は達成感に満たされた。

「父さん、よく頑張ったね」

笑顔を向けると、茂一の顔色が変わった。あっと思う間もなく、腹が波打ち、ダムの放水のように、食べたものがすべて口からあふれ出た。

27

茂一を引き取って一カ月がすぎたとき、ケアマネージャーの水谷が、そろそろデイサービスを利用したらどうかと提案してきた。

好太郎も考えていたことだが、一抹の不安があった。

「父は認知症の中でも特に問題の多い前頭側頭型でしょう。デイサービスが受け入れてくれますかね」

「わたしも考えていたんですけど、西大井にいいセンターを見つけたんです。ほかの施設で断られた利用者さんも受け入れているので、うまくいくかもしれません。茂一さんを連れて行く前に、一度、見学に行ってみませんか」

水谷が勧めてくれたのは、「デイサービスさくら」という施設で、認知症介護の新しいプログラムを導入しているとのことだった。

好太郎はさっそく水谷とともに見学に行くことにした。

応対してくれたのは、介護福祉士の資格を持つ施設長だった。四十代後半で、髪は薄いがジャージ姿は若々しく、いかにも自ら現場で活動しているという風貌だ。

好太郎が茂一の病名を告げると、施設長は余裕の笑顔で聞いてきた。

「矢部さんはBPSDをご存じですか」

「いえ」

「日本語では『認知症の行動・心理症状』と訳されます。周辺症状のことですね。認知症はその本態である中核症状と、それによって引き起こされる周辺症状に分けられます。中核症状は記憶障害や見当識障害で、周辺症状には不安や徘徊、食行動の異常などがあります。いわゆる問題行動ですね。でも、用語としてそう言わないのはなぜかご存じですか」

「さあ」

「問題行動という言い方は、介護者の視点だからです。認知症の人はわざと介護者を困らせることをしているのではありません。病気の症状なのですから、それを問題行動と言うのは認知症の人にとっては酷でしょう」

施設長は説明好きかつ啓蒙好きの性格らしかった。認知症介護の新しいプログラムについてはこう語った。

「私どもが採用しているのは、『BPSDレジストリ』というシステムで、妄想、暴言、興奮など十二項目の症状を点数化するやり方です。問題の優先度を明確にし、介護チームがそれを共有することで、利用者さまにより適した環境を作り出す心理社会的アプローチなのです」

施設長の鼻息が徐々に荒くなる。

「この取り組みはスウェーデンからはじまったもので、彼(か)の国ではほぼすべての自治体で取り入れられています。効果としては、利用者さまのQOLの向上。QOLはご存じですね。クオリティ・オブ・ライフ、生活の質です。さらに薬の使用量の削減、痛みの軽減、不眠の解消、精神的安定などが挙げられます。日本でも、大学病院の研究班による比較試験で有効性が証明されていますし、海外でも評価されています。こういう国際的な優良実績を踏まえ、我々のデイサービスでは一年前からこのBPSDレジストリを取り入れ、多くの利用者さまの症状改善につなげているのです」

「すばらしいですね。うちの父もそれでよくなればいいんですが」

感心しながら好太郎は今ひとつ期待する気になれなかった。胡散臭いとまでは思わないが、どことなく机上の空論めいている。

施設長は好太郎の表情を読んだように、にやりと笑った。

「こんな単純なやり方で、効果があるのかと思われるかもしれませんね。私自身もそうでした。しかし、はじめてみると、なんと一週間で症状が改善した人がいるんです。大声を上げたり、物を投げたりしていたのが、すっかり落ち着き、楽に介護をさせてくれるようになりました。その人は興奮、攻撃、過敏性の点数が高かったので、静かな環境作りで刺激を少なくする工夫をしたんです。そしたら怒りが治まり、こちらの言うことを聞いてくれるようになりました。ほかにも暴れるからと、他施設を一日で断られた人が、このプログラムで落ち着き、一カ月後には見ちがえるほど穏やかになりました。私自身が効果に驚いているんです」

そこまで言うなら少しは期待できるのか。好太郎は考えを改め、「よろしくお願いします」と頭を下げた。

その場で利用を申し込み、週に三回、月、水、金に通わすことにした。これで一日おきに日中は介護から解放される。うまくいけば週五回まで増やすことも可能だ。好太郎は思いがけない展開に、足取りも軽く帰宅した。

「おい、来週から親父の介護がうんと楽になるかもしれないぞ」

帰って泉に言うと、「どうだか」と、不信の表情で腕組みをした。施設長の説明を受け売りで話すが、泉は斜に構えた姿勢を崩さない。

「あなたは何でも信じやすいからなぁ」

「何言ってんだよ。この方式は海外でも評価されていて……」と反論しかけて、好太郎は口をつぐんだ。ここで強弁してもはじまらない。論より証拠と、余裕の沈黙に切り替えた。

28

デイサービス初日の月曜日は、心配なので好太郎が付き添うことにした。施設長もそのほうがいいと受け入れてくれた。

午前八時二十分。送迎の職員が玄関口まで来てくれる。茂一は外出用の服に着替え、帽子もかぶって待っていた。

「今日はいいところに連れて行くからね。きっと楽しいよ」

素直に出てくれるかどうか心配したが、茂一は意外にすんなり外に出て、職員といっしょにエレベーターに乗った。道路脇に停めてある送迎バスにもおとなしく乗る。好太郎が車内に入ると、先に乗っていた老婆が意外そうな視線をよこした。好太郎を新しい利用者と思ったようだ。

「ちがうんです。私は父の付き添いです。よろしくお願いします」

愛想笑いをしたものの、自分がデイサービスの利用者に見えるのかと、複雑な気分になった。

「さくら」に着くと、茂一はバスを降りて、デイルームに案内された。どことなく不安そうだが、抵抗するそぶりは見えない。好太郎は壁際に立って見守りながら、案外、うまくいくかもしれないと安心しかけた。しかし、順調だったのはここまでだった。

四人席に座らされると、すぐに立ち上がってウロウロしはじめた。職員が「矢部さん」と呼びかけ、席に誘導しようとすると、いきなり、「ウォイッ」と怒号を発した。周囲の利用者が何事かと顔を向ける。若い女性職員も驚いたようだったが、さすがはプロだけあってすぐに笑顔になり、「大丈夫ですよ」と取りなした。好太郎が止めに入ろうとすると、身振りで制された。ここは職員に任せたほうがよいようだ。

茂一は行先をさがすように看護師の机に近づき、看護師が会釈すると向きを変え、奥に置いてあるベッドのそばへ行ってポンポンとマットを叩き、洗面台の前で鏡をのぞき込んだ。それから窓際の棚に近づき、並べてある利用者の手作りカレンダーを床に投げ捨てた。

「あっ、コラッ。そんなことしちゃダメだ」

思わず駆け寄ったが、茂一はするりと身をかわし、用具入れのロッカーの前に行った。扉をバタンバタンと開け閉めする。男性職員が来て、取り押さえてくれるのかと思ったら、止められたのは茂一ではなく、好太郎だった。

「制止すると、よけいに興奮しますから」

言われてみれば、自分のほうが取り乱している。ひとつ大きな息を吐いて、ふたたび壁際にもどった。茂一は一通り部屋を歩きまわると、得心したのか、女性職員に誘導されてもとの席に座った。

　これでひと安心かと思うと、今度は看護師の血圧測定に抵抗した。加圧の帯を巻かせないばかりか、差し出した手で看護師の胸を触るような仕草をした。中年の看護師は慣れたもので、さっと身を引いて難を逃れる。あのまじめだった父が、女性の胸に手を伸ばすなんて。好太郎は恥ずかしいやら情けないやらで、絶望的な気分になった。

　お茶が配られ、朝の挨拶と日付の確認、着席での体操など、プログラムがはじまっても茂一は落ち着かず、職員がつききりで介護をしている。午前のレクリエーションはビーチボールのボウリングだったが、茂一はボールを渡されても理解ができず、上に放り上げて出番を終わらせた。

　昼食のときはなんとか席に着いたが、「いただきます」の合図の前に弁当箱のフタを取り、となりの利用者の弁当箱にも手を伸ばした。

「何すんだよ」

　横の老人が自分の弁当箱を抱え込む。気づいた職員が駆け寄り、二人がかりで茂一を立たせて、壁際の一人用の机に移動させた。そこでも握り箸で机をガンガン叩き、サラダのトマトを床に投げ、酢豚を手づかみで食べようとする。好太郎が見かねて、介助につかせてもらうことにした。

「父さん。ちゃんと食べなきゃだめじゃないか」

「ウハハハ」

無意味に笑って口を開けない。酢豚を口元に近づけ、あやすように言う。

「ほら、いいにおいだろう。さっき手づかみで食べてたじゃないか。口を開けて。あーん。お願いだよ。食べてくれよ」

次第に懇願調になる。ほかの利用者が食事を終え、お茶を飲んだり、トイレに行ったりしても、茂一の食事は三分の一も進まない。

「今日はこれくらいにしときますか。無理に食べさせるのもよくないですから」

看護師が来て、食事の終了を提案する。好太郎は従わざるを得ない。看護師はそのまま茂一をトイレに連れて行った。

ぐったり疲れて肩を落としていると、車椅子の老婆が近づいてきて好太郎に言った。

「お父さんの世話で来てるんですか。お父さん、元気でうらやましいわ」

どこがと思うが、老婆は低い声で続けた。

「あたしはこんな身体になって、情けないわ。脊髄の病気で、腰から下がぜんぜん動かないの。何から何まで人の世話にならないと生きていけないの。つらいわ。ときどき夢に見るのよ。元気なときにもどっている夢。あー、歩けるようになってる。嬉しいって思ったら、目が覚めて、やっぱり動けない自分にもどってるの」

好太郎は何と答えていいのか戸惑う。老婆が自嘲するように言った。

「頭がはっきりしてるから、よけいつらいの。いっそ認知症になって、何もわからないようになりたいわ」

そんな考えもあるのかと、好太郎は複雑な思いに駆られた。

車椅子の老婆が離れたあと、好太郎はほかの利用者たちに目をやった。デイルームの前に大型のモニターが出され、歌番組のビデオが流されている。見ている老人もいるが、居眠りする人、ぼんやり口を開いている人、熱心にティッシュを畳んでいる人などさまざまだ。完全に無表情で固まっている人もいる。やせて白髪で皺も深く、腕は枯れ木のようにひからび、手はブルブルと震えている。ふと、生ける屍という言葉が思い浮かび、慌てて打ち消す。しかし現実の老いは厳しい。

「はい、矢部さん。上手にオシッコできましたよ」

看護師が茂一を連れてもどり、明るく笑う。礼を返したものの、嬉しいような情けないような気分だ。

午後には入浴の順番が来て、浴室に連れて行ってもらったが、茂一は抵抗したらしく、今日はパスということになった。午後四時の送迎開始まで、茂一はほとんどプログラムには参加せず、机をバンバン叩いたり、意味不明の大声を出したりしてすごした。

帰り際、施設長が好太郎に言った。

「お父さまはかなり手強いようですな。でもご心配いりません。ＢＰＳＤレジストリでアセスメントをかけていきますから、満たされないニーズが判明すれば、きっと穏やかになりますよ」

「どうかよろしくお願いします」

好太郎はすがる思いで頭を下げた。

29

二回目の利用日から、好太郎は付き添わないことになった。デイサービスに慣れるにはそのほうがいいとのことらしい。

三回目の利用日のあと施設長から電話があり、茂一の家でのようすを聞かれた。BPSDレジストリの効果を聞きたいのだろうが、以前と変わったようすは見られない。

「しいて言えば、デイサービスに行った日はよく眠るような気がしますが」

「そうですか、やっぱり……」

施設長の声が曇った。不審に思うと、意外なことを言われた。

「矢部さんはデイサービスで疲れるのかもしれませんね。ちょっと回数が多いのかも。週に二回にしてみましょうか」

「それで大丈夫でしょうか」

「もちろんです。急がばまわれという言葉もありますから」

釈然としなかったが、言われた通りにするしかない。翌週から月、金の参加になった。

さらに二週目の金曜日にまた施設長から電話があり、週二回でもつらそうなので、参加は水曜日だけにしましょうと言われた。

「そのほうがぜったい矢部さんにはいいです。デイサービスも回数が多ければいいというものではありませんから」

どことなく奥歯に物がはさまったような言い方だった。好太郎はもしやと思って、遠慮がちに訊ねた。

「父はそちらでご迷惑をおかけしているのではありませんか」

「とんでもない。矢部さんはみんなの人気者ですよ。迷惑だなんてことは、まったくありません」

ところが、三週目の木曜日、水谷から電話があって、このままデイサービスを続けるのはむずかしいと言われた。理由を訊ねると、水谷は申し訳なさそうに答えた。

「どうやら、茂一さんはデイサービスで手に負えないほど介護が大変なんだそうです。あちこち動きまわり、ほかの利用者にも手を出したり、大声を出したりするので、ずっと職員がつききりになっているらしいんです」

「でも、施設長さんは迷惑なことはないと言ってましたが」

「あの人はＢＰＳＤレジストリに賭けていて、どんな認知症の人でも受け入れるというプライドがあるようなんです。それで自分から受け入れられないとは言わないんです。でも現場は大変で、看護師さんから内々に相談がありました」

施設長はたしかに思い入れの強いタイプのようだ。水谷が続ける。

「施設長は矢部さんは目の輝きがちがってきただの、笑顔が増えただの、自画自賛するようなことを言いますが、現場の職員はキリキリ舞いで、ほぼ限界だったようです」

「じゃあ、利用の回数を減らされたのも、そういう理由だったのですね」

「施設長も悪い人ではないのですが、自分の非を認めないというか、完璧を目指しすぎるんです。介護業界にはときどきいるんです。熱意がありすぎて困る人。わたしもよく調べないで勧めてしまって、すみませんでした」

水谷は反省しきりだった。

結局、茂一のデイサービス利用は取りやめとなり、しばらくは自宅介護を続けることになった。

30

泉が郵便物といっしょにチラシを持って上がってきた。

「管理組合の臨時総会の通知よ」

「総会は毎年二月だろ」

「だから臨時総会なのよ。議題は、えーと、『認知症について』だって」

好太郎の脳裏に不吉な思いがよぎった。

「もしかして、うちの親父のことじゃないか。まさか小野田のヤツが佐治さんに直訴したんじゃないだろうな」

佐治智蔵は、長年、マンションの管理組合の理事長を務めている最古参の住人だ。大柄のスキンヘッドで、鋭い眼光、頬には深い皺が刻まれ、濃い口髭を生やしている。御年七十四歳の強面だが、面倒見はよく、人柄も見かけによらず温厚だ。

「小野田さんが言いだしたかどうかわからないでしょ。認知症の人が増えてるから、マンションで対策を考えるってことじゃないの」

「そうか。マンション全体で認知症を受け入れる態勢を整えるってことかもしれないな。それならいい話だ。うちはさし当たり、パイロット版として注目されてるのかもな」

好太郎が例によって早合点の想像を巡らせると、翌日、多谷が暗い顔でやってきた。

「ちょっとよろしいでしょうか」

手には管理組合のチラシを持っている。いつもの通りダイニングの椅子に座ると、多谷は小さなため息をついて語り出した。

「実は先日、１０３号の金子さんの奥さんが訪ねてきて、これ、お宅のじゃないですかと、裁ちバサミを持ってきたんです。家内に確認すると、うちのだと言うので受け取りました。どうしてうちの裁ちバサミがお宅にと聞くと、庭に落ちてたと言うのです。なぜうちのだとわかったんですかと聞くと、十階の１００３号から順に聞いてきたんだそうです。私は平身低頭して謝りました。幸い、怪我人はなかったようですが、金子さんは気持が治まらないらしく、恐い顔のまま帰って行きました」

好太郎たちが住む「ファミール西品川」は、一階に小さな前庭がついている。そこに裁ちバサミが落ちていたので、金子は直上のいずれかの部屋から落ちてきたと判断したのだろう。

「どうして裁ちバサミが落ちたんです」

「家内がプランターでプチトマトを栽培しているので、もしかしたら収穫のために持ち出したのかもしれません。そうなのかと聞いても、知らないの一点張りで、自分が落としたことを認めようとしないんです。でも、私は裁ちバサミのありかさえ知らないし、家にはほかの人間はいないので、家内が落としたのはまちがいないのです」

「それが今度の臨時総会に関係あるんですか」

「どうも金子さんが、裁ちバサミの件を小野田さんに話したようなんです。小野田さんはうちの家内が認知症なのを知ってますから、話が大きくなって、臨時総会になったんだと思います」

やっぱり小野田が絡んでいるのか。舌打ちが出そうになるのを堪えると、多谷は不安そうに声を震わせた。

「もしも今度の総会で、家内を施設に入れろとか言われたら、どうしようかと思って」

「そんなことはあり得ませんよ」

強く否定したが、好太郎にも根拠があるわけではなかった。

たしかにベランダからの落下物は、一階の住人にとっては大きな脅威だ。ひとつまちがえれば、大けがにもつながる。しかし、だからと言って、臨時総会まで開く必要があるだろうか。ひとこと注意すればすむ話じゃないか。もしも金子と小野田が、マンションから認知症の人間を排除するようなことを言いだしたら、ぜったいに許さない。逆に彼らのほうを人権侵害で訴えてやる。

好太郎の怒りは加速度的に膨れ上がり、思わず拳を握りしめた。

「多谷さん。心配いりませんよ。うちだって認知症の父親を介護してるんだ。被害妄想と偏見に取り憑かれたヤツらにはぜったいに負けません。いっしょに闘いましょう」

両手で握手を求めると、多谷も握り返してきたが、力は弱く表情も暗かった。

31

臨時総会は土曜日の午後七時から、一階のコミュニティホールで開かれた。

「ファミール西品川」は全戸八十七世帯。臨時総会には、夫婦で来ているところも含め、三分の二強の六十世帯が出席した。好太郎は多谷と並んで、前から三列目に着席する。小野田は最前列の右端、となりには金子がタッグを組むようにして座っている。金子のことはよく知らないが、斜め後ろから見るかぎり、年恰好も雰囲気も小野田とよく似ている。小太りでぺったりなでつけた髪型も同じだ。

正面の役員席に座った佐治理事長が、よく通るしゃがれ声で臨時総会の開会を告げ、議案を説明した。

「今夜、みなさんにお集まりいただいたのは、ほかでもありません。先日、一階のあるお宅の庭で、裁ちバサミが芝生に突き刺さっているのが発見されるという事案がございました」

好太郎は目を剝いた。裁ちバサミは落ちていたのではなく、突き刺さっていたのか。これはインパクトがあるなと、いきなり不利な一手を指された気分になった。横目で多谷を見ると、早くも困惑の表情を浮かべている。周囲の出席者にも不穏な空気が流れた。

「ベランダからの落下物については、みなさまには重々ご注意いただいているところでありますが、場合によっては大事故にもなりかねませんので、今一度、広い視野に立って、注意喚起をお願いする次第であります。と申しますのも、たとえば親御さんがちょっと目を離した隙に、幼児がベランダに出たり、成人でもつい酒を飲み過ぎたりすると、危険に対する備えがおろそかになる場合があるからです。ほかにも、住人の高齢化に伴い、老化現象による不注意の危険もございます」

佐治はまわりくどい言い方で本題に近づいた。

「最近は、全国的に認知症およびその予備軍が急増しており、当マンションでもこの問題を等閑視できない状況になっております。先ほど申し上げました裁ちバサミの件にいたしましても、認知症が原因だとすれば、再発を防止するためにも、いっそうのご配慮をいただく必要があるかと考えるところであります」

となりで多谷が震えている。佐治の口調は決して多谷個人を責めるものではなく、一般論として注意を促すものである。それでも、多谷はいたたまれない気持になるのだろう。好太郎は黙ったままそっと多谷の背中に手を添えた。

佐治が参加者の意見を募ると、さっそく金子が挙手して立ち上がった。

「今、理事長さんは再発防止のご配慮をとおっしゃいましたが、ベランダからの落下物だけでなく、もっと総合的に認知症対策を考える必要があると思うんです。我々はだれでも安心して暮らしたいじゃないですか。危機管理として、事故やトラブルの可能性があるものについては、監督責任を厳重に全うしてもらいたいんですよね」

好太郎が金子の背中をにらんでいると、続いて小野田が発言を求めた。

「私も金子さんの意見に賛成です。こういうことは、何かが起こってから悔やんでも手遅れなんで、事前に問題意識を共有して、住人全体で対応する必要があります。そのためには注意喚起だけでなく、事故や損害が発生した場合には、監督責任者がきちんと補償することを明確にすべきでしょう。そのことを組合規約に盛り込むことを提案いたします」

何ということを言いだすのか。好太郎は憤然と手を挙げ、佐治の指名を待ちきれずに立ち上がった。

「ちょっと待ってください。今の言い方だと、認知症の人が危険きわまりない存在のようじゃないですか。認知症は病気なのだから、危険視したり厄介者扱いしたりするのは不適切でしょう」

着席と同時に小野田が立ち上がり、振り向きもせずに言った。

「何もいたずらに危険視しているわけではありません。万一に備えようと言ってるんです」

座るかと思いきや、小野田は身体をひねり、半身で好太郎を見下ろすように言った。

「それとも何ですか。矢部さんは認知症の人が何か損害を発生させても、家族は補償しなくてもいいとおっしゃるんですか」

　好太郎はカッとして声を荒らげた。

「そんなことは言ってないでしょう。あんたの偏見に満ちた発言を問題視してるんだ。認知症はそんな危険な病気じゃないぞ」

「しかし、現に危険は発生してるじゃないですか」

　小野田とタッチするように金子が立ち上がり、後を引き取った。

「そうですよ。うちには五歳と七歳の子どもがいるんですよ。一階は防犯面も見晴らしもよくないけれど、子どもが遊べる庭がついているというので入居したんです。その庭に裁ちバサミが突き刺さっていたんですよ。妻からそれを聞いたとき、私は全身に鳥肌が立ちましたよ。考えてもみてください。無邪気に遊んでいる子どもの脳天に、あの大きな裁ちバサミが落ちてきたら即死ですよ、即死」

　出席者がざわめきだしたとき、いきなり多谷が立ち上がった。

「申し訳ございません。私が悪いんです。うちの家内が、三枝子がそんなことをしたなんて、知らなくて、私の監督不行届でした。これからは二度と家内をベランダには出させません。窓に鍵を掛けて、家内には開けられないようにします。これからずっと家内からは目を離しません。だから、どうぞ、どうぞこの度のことは許してくださぁい」

最後は泣き叫ぶような声だった。好太郎は多谷を抱きかかえるようにして座らせた。あまりの取り乱しように、金子も小野田も決まり悪そうに顔を背けている。

前に座った佐治が、「ウオッホン」と大きな咳払いをし、会場に静粛を求めた。

「この総会は個人の責任を追及するものではありませんから、多谷さんもどうか気を鎮めてください。まあ、認知症はだれしも他人事ではないですからな。ハハハ。私も最近、もの忘れがひどくなって、知らないうちにはじまっているのじゃないかと心配しておるんですよ」

佐治が場をなごませるように言うと、前列の左側に座っていた七十代の男性が、佐治に話しかけるように言った。

「ほんとうに人ごとじゃないですな。この前も私がまだ風呂に入ってないのに、こいつが湯を抜いちゃいましてね。認知症がはじまってるんじゃないですかね」

「何言ってるのよ」

となりに座っていた男性の妻が声を上げた。

「あのときは十一時を過ぎてたから、とっくに入ったと思ったんじゃない。ぐずぐずしてるあんたが悪いのよ」

「そういう勘ちがいが、認知症だと言ってるんだ」

夫が言い返すと、妻はフンと鼻を鳴らして反撃に出た。

「あんただって、この前、散歩に行くとき、玄関の鍵を閉めてキーをドアに差したまま出かけてたじゃない」

「バカ。あれはうっかりミスだ。俺くらいの歳になったら、だれでもあることじゃないか」

「自分の失敗はうっかりミスで、あたしの失敗は認知症だと言うのね。都合がよすぎるんじゃない」

「おまえはいつも老眼鏡を置き忘れるし、新聞も二度取りにいくし、頼んだことを忘れるし、テレビに出てる俳優の名前も出て来ないじゃないか。認知症を疑うのは当然だろ」

「あんただって、同じ話を何度もするし、この前は冷蔵庫を開けて、何を出すんだっけって言ってたじゃない」

「うるさい。おまえだって、もっといろいろあったじゃないか。えーと、何だっけ。ほら、あれ、うーん、その、何だ、まあいい。こんなとこで些細なミスを持ち出すなんて、おまえはほんとうに意地悪だな」

「あんたこそ、人前で連れ合いを認知症扱いするなんて性格悪いわよ。恥ずかしいと思わないの。それこそ認知症のはじまりでしょう。ねえ、佐治さん」

「ウォッホン」

佐治は妻の仲裁要求には応えず、ふたたび咳払いで夫婦の言い争いを終わらせた。

あちこちで私語が交わされ、浮き足だった空気が広まった。多谷は両膝に腕を突っ張り、顔を伏せている。小野田と金子は腕組みの姿勢でふんぞり返り、何やらぼやき合っている。

とそのとき、後ろの席で四十代半ばの女性がいきなり立ち上がった。

「みなさん。聞いてください。実はわたし、この前、若年性の認知症という診断を受けたんです」

思いがけない発言に、会場が静まり返る。振り向いて確認すると、いかにも神経質そうで化粧気のない女性が立っていた。顔は見たことがあるものの、好太郎は口を利いたことのない相手だ。

「今日、認知症に関わる臨時総会があるというので、決死の思いで参加しました。みなさんに、わたしのことを理解してほしいと思ったからです。わたしが症状に気づいたのは、ゴミ出しの日がわからなくなったからです。生ゴミ、不燃ゴミ、瓶と缶、ペットボトル。家のゴミ箱にもどれを入れたらいいのか迷います。散歩に出て帰れなくなり、一時間以上もさまよったこともあります。それで今かかっている心療内科の先生に相談したら、若年性の認知症じゃないかと言われて……。ショックでした。でも、わたしは独り身だし、親戚もいないので、ここで生きていくしかないんです。認知症と診断されたことを、言わずにおこうかとも思いました。でも、さっき前の方がおっしゃったように、問題が起きてからでは遅いのです。だから、今日、わたしはありったけの勇気を振り絞って、カミングアウトします。だれもお気づきじゃないでしょうが、実はわたしは若年性の認知症なのです」

そう言って、女性は立ったまま両手で顔を覆った。細い肩が震えている。好太郎が同情しかけたとき、さらに後ろにいた男性が不愉快そうに声を上げた。

「小林さん。あんたがおかしいのは、みんな気づいてるんだよ」

「えっ」

小林と呼ばれた女性は驚いたように顔を上げた。後ろの男性が続ける。

「あんた、ゴミ出しの日を守らないだけじゃなくて、廊下を汚すわ、換気扇からすごいにおいを出すわ、真夏に着ぶくれて歩いてるわ、おかしなことといっぱいしてるでしょう」

「えーっ」

女性が頓狂な声を出して驚く。

「その若年性の認知症っていう診断も、心療内科じゃ正式じゃないでしょう。精神科で診断されたわけじゃないんだから。あんた、認知症だと言えば何でも許してもらえると思ってるんじゃないの」

「えーっ、えーっ、えーっ」

いったいどういうことか。多谷に聞くと、低い声で教えてくれた。

「あの小林さんという人は、去年このマンションに越してきて、今、三階で問題になってる人なんですよ。三階の知り合いに聞いたんですが、マンションのルールを守らず、何かと言うと精神的苦痛を受けたと騒ぎ立てて、みんな困ってるそうです」

そうなのか。後ろから批判した男性は、以前、泥酔して道ばたで倒れていた彼女を介抱したことがあるらしい。

「ひどい。わたし、ほんとうに認知症なのに、あんまりよ。わーっ」

小林は叫び声を上げて、周囲の参加者を押しのけるようにして会場から出て行った。

「ウォッホン」

三度(みたび)、佐治が咳払いで総会を落ち着かせようとする。すると、今度は真ん中あたりの女性が発言した。

「認知症の問題でいちばん困るのは、やっぱり車の運転でしょう。マンションでも、駐車場でアクセルとブレーキを踏みまちがえたりされたら危険ですからね。認知症の人は運転免許を自主返納してほしいですわね」

「そ、そ、それは、俺のことを言っているのか」

突然、前にいた七十代後半の男性が立ち上がり、声を震わせた。発言した女性はふくれっ面で顔を背けている。横の女性が入れ代わるように立ち上がって早口に言った。

「わたし、聞きましたよ。権田(ごんだ)さんは駐車場であわや大事故を起こしかけたそうじゃないですか。たまたまエンストしたからよかったものの、オートマチックの車だったらそのまま突っ込んでたんですよ」

「あ、あ、あれは、そっちが急に飛び出したから慌てたんだ。そそそ、それを認知症とは何だ」

「認知症でなくても、とっさの判断ができなくなったら免許証は返納すべきでしょ」

「車は俺の趣味なんだ。む、無理に運転をやめさせようとするのは、人権の侵害だ」

「そんなこと言ってると、今に高速道路を逆走するわよ。フン」

「何だと。じゃあ、あんたはぜったいに交通事故を起こさんと言い切れるのか」

言い争いになりかけ、佐治が割って入る。

「免許証の問題はまた別の機会にしましょう。今日はこのマンションで認知症の方にどう対応するかという話し合いですので」

三十代後半らしい男性が手を挙げて立ち上がった。好太郎も知っている小学校の教諭だ。

「みなさん。認知症サポーターというのをご存じですか。認知症に対する正しい知識を持って、認知症の人が地域で暮らしていけるように手助けをするボランティアです。認知症をやみくもに恐れるのではなく、正しく理解して優しく接すれば、十分、地域で生活することは可能なのです」

さすがは学校の先生だ。いいことを言うと感心すると、さっそくスマートフォンで調べたらしい出席者があとを続けた。

「認知症サポーターは現在一千万人を超えているそうですよ。『認知症になっても安心して暮らせるまち作りを』と書いてあります」

いい流れだ。好太郎がうなずくと、後ろから別の声が上がった。

「それね、この前も新聞に出てたけど、認知症サポーターってのは、高々九十分の無料講座を受けるだけだろ。素人同然じゃないか。それで認知症の問題が解決するのか」

「そうだよ。認知症の人じゃなくて、我々の安心はどうなんだ」

不満たらしい声に、小野田と金子が振り向いてうなずく。

小学校の教諭が反論する。

「認知症をむやみに危険視するのは差別につながります。偏見を持たず、当人やご家族を温かく見守る姿勢が大切なんです」

言われた相手も言い返す。

「それは理想論だろ。そんな甘っちょろいことを言っていて、安全は確保できるのか。何かが起こってからでは遅いんだぞ」

「何かって何です」

「火の不始末、大声、万引き、窃盗、器物損壊、廊下で排尿したり、暴れて人に怪我をさせたり、露出魔行為や痴漢行為、無銭飲食に行方不明。いくらでもあるぞ」

「そんな妄想みたいな危機感を煽ってどうするんです。もっと認知症の人の人権を考えてあげてください」

「その通りですわ」

声を上げたのは一階に住む吉益（よします）という女性だった。キリスト教系の熱心な信者で、常に聖書を携えて朝夕祈りを欠かさないという噂だ。

「わたしたちは、同じマンションに住む家族なのです。認知症の方だけでなく、高齢者、障害のある方、社会的弱者に特別な感情を持つことなく、だれもが幸せで豊かに暮らせるよう努力しなければなりません。そのためにはまず、心のバリアーをなくすことが肝要です」

「何だよ、心のバリアーって」

「差別と蔑みの心です。ああ、現実はなんと悲惨で酷（むご）いのでしょう。子どもたちは虐待され、貧困に喘（あえ）ぎ、ロクな教育も受けられずに、社会からネグレクトされています。断じて許せません。わたしは気の毒な子どもたちを見るにつけ……」

「ウォホホン。吉益さん、ここは認知症の対応を話す場ですから、気の毒な子どもたちについてはまた別の機会に」

好太郎が辛抱しきれずに手を挙げた。

「ご存じの方もいらっしゃるでしょうが、私の家では二カ月前から施設にいた認知症の父を引き取って、介護をしています。近隣の方のご心配もわかりますが、今は認知症の人も地域で受け入れるというのがトレンドです。これからの日本はいかにして超高齢社会に対応していくかが重要なんです。認知症になっても一人の人間にちがいはありません。どうか、温かく見守っていただけませんか」

落ち着いた声で説得力十分に発言したつもりだった。これで話がまとまるかと思いきや、小野田がふたたび立ち上がった。

「人権も大事でしょうが、住民の安全も大切なんです。このマンションには小さい子どももいます。かわいい娘もいます。子どもを安心して育てられる環境こそが、これからの日本に重要なんですよ」

「あんたねぇ、自分だって歳を取るんだぞ。もし認知症になったらどうするつもりだ。施設に行くと言うのか」

「ええ。行きますよ。認知症になったら家にいたってわからないんだ。どこにいたって同じですよ」

「バカ。認知症でも感情はあるんだ。施設で味気ない生活をするより、家族の元で暮らすほうがいいに決まってるだろ」

「バカって何です。今の言い方は施設を蔑ろにしてるでしょう。世話になっておきながら、よくそんなことが言えますね。施設ではプロが介護してるんですよ。素人の家族がするより快適に決まってるじゃないですか」

「あんたは施設を見に行ったことがあるのか。特別養護老人ホームなんか老人牧場みたいなんだぞ。認知症患者に被害を受けたくないから、施設に送れとか監督責任を厳しくしろとか言うのは、自分のことしか考えない身勝手、自己チューの最たるものだ」

「身勝手、自己チューはそっちでしょう。まわりの迷惑も顧みず、自分の都合だけで認知症の親を引き取ったんだから」

「認知症の人間にも人権があるんだぞ」

「我々にだって安全に暮らす権利がありますよ」

「まあまあまあ。ウォッホン、グォホン、ゲホホッ」

佐治が仲裁しようとして度重なる咳払いにむせた。多谷が好太郎をなだめ、前では金子が着席した小野田といっしょに好太郎をにらみつけている。

佐治が呼吸を整えて言った。

「人権と安全、どちらも大事ですが、両立しがたいということですな。このままでは水掛け論になるばかりです。何か妙案はありませんかね」

難題を前にして、会場に困惑の空気が広がった。そのとき、好太郎にアイデアが閃（ひらめ）いた。

「いい考えがあります。そもそもこういう議論になるのも、我々が認知症に関して十分な情報を持っていないからですよ。正しい知識と理解があれば、もっと現実的な方策が見つかるはずです。どうでしょう。管理組合で専門家を招いて、認知症についての講演会を開けばいいのではありませんか」

「なるほど。それは名案かも」

　議事の進行に疲れていたようすの佐治が、まず同意した。

「たしかに専門家の意見を聞くのもいいですね」

　小学校の教諭も賛成した。そのほかの出席者もうなずいている。

「小野田さんと金子さんはいかがです」

　佐治に聞かれ、二人は顔を見合わせてから、「きれい事の話を聞かされるのでないなら」と首を縦に振った。

「ところで矢部さん。どなたか適任の方がいますかね」

「私に心当たりがあります」

　好太郎は自らの勝利を確信するように、にやりと笑った。

32

「もしもし。水谷さん？　実はお願いしたいことがあるんだけど」

好太郎が講演者として心づもりしていたのは、宗田医師だった。しかし、マンションの管理組合の依頼に応じてくれるかどうかわからなかったので、ケアマネージャーの水谷を通して聞いてもらおうと思ったのだ。

「講演の内容は、この前の医師会のときと同じでいいんですが」

臨時総会の経緯を話して、宗田医師が講演を引き受けてくれるかどうか、引き受けてくれるなら講演料はいくらくらいかなどを訊ねてもらうよう依頼した。

返事はすぐに来て、予定さえ空いていればＯＫとのことだった。講演料はこだわらないが、十万円から二十万円が多いとのことだった。管理組合の予算を考えると、十万円がぎりぎりだろう。

「じゃあ、恐縮ですが、十万円でお願いできますか」

好太郎は見切り発車で水谷に頼んだ。もしも管理組合が五万円とか七万円しか出せないというのなら、残りは自腹を切るつもりだった。日程は早いほうがいいので、翌週の土曜日の午後を提案した。

幸い、管理組合は臨時の役員会で十万円の講演料を了承し、宗田医師からも翌週土曜日の午後二時からで引き受けるという返事が来た。

好太郎はチラシの作製を引き受け、大判のポスターもパソコンで作って掲示板に貼り出した。宗田医師の講演を聴けば、マンションの住人も認知症に対する理解を深めて、受け入れに協力してくれるようになるだろう。彼の期待はいやがうえにも高まった。

講演会の当日、会場のコミュニティホールには三々五々、参加者が集まってきた。

宗田医師は講演開始の三十分前に、ファミール西品川にやってきた。

「お待ちしていました。どうぞこちらに」

好太郎が出迎えて、控え室に案内する。

「その後、お父さまはいかがですか」

宗田医師に訊ねられ、好太郎は「万事、順調です」と満面の笑みで答えた。

控え室には理事長の佐治、副理事長、そして多谷と水谷が待っていた。好太郎は半ば興奮状態で、宗田医師がいかに素晴らしい医師であるかを佐治たちに話し、そのあとで、臨時総会でのやり取りを憤慨しながら宗田医師に説明した。

「空想的な心配で、認知症の人間を排除しようとする連中がいるんです。認知症に対する理解不足も甚だしい。被害妄想もいいところですよ」

佐治が好太郎の興奮を抑えるように、ゆったりとした口調で言った。

「とのつまり、認知症の人の人権と、住人の安全確保は両立しにくいという話なんです」

「なるほど」

　宗田医師が神妙にうなずく。

　多谷は自分の妻の失態が臨時総会のきっかけになったことを告げ、専門医の受診を迷っていると話した。宗田医師は穏やかに答えた。

「無理に受診させるのはよくないでしょうね。だますようにして連れて行くのも好ましくないと思います」

　早く受診すべきだと言われたらどうしようかと思っていたらしい多谷は、ほっとしたようすだった。

「それにしても、認知症という病気は治らないもんですかね」

佐治がスキンヘッドの頭をペチャペチャと叩きながら訊ねた。

「今の医療ではむずかしいでしょうね」

「私ももう七十四だから、いつはじまるかと気が気でなくてね。たしか、矢部さんのお父さんは私よりひとつ上でしたな」

「ええ。佐治さんのお年のときにはもう施設に入ってましたよ」

「それをご自宅に引き取られたんだから立派ですなぁ。私には娘と息子がいますが、どっちも自分の生活に手いっぱいで、まるで頼りになりませんわ。今は家内と二人暮らしで、どちらが先に逝くのかとよく話します。不安はありますが、認知症のことも含め、なるようにしかならんと思っとりますが」

「それがいいんじゃないでしょうか」

専門家から何か妙案を与えられるのではと期待していたらしい佐治は、すんなり同意されて、拍子抜けの苦笑を浮かべた。

しばらく雑談をして、時間になったので、好太郎は「よろしくお願いします」と立ち上がった。

33

コミュニティホールには、臨時総会のときと同じくらいの参加者が集まっていた。小野田と金子はまたも最前列の端に陣取り、総会のときに発言した面々もほぼ全員、顔を揃えていた。

司会を務める好太郎が、最初に講演者を紹介した。

「宗田道雄先生は、認知症患者を七百人以上も診察してこられたベテランで、認知症医療の第一人者であります」

拍手で迎えられた宗田医師は、まず基本的なことから説明した。そのあとで、医師会の講演では聞かなかったことを話しはじめた。

「認知症というと、徘徊を思い浮かべる人も多いと思いますが、今、この言い方をやめようという動きが出ています。徘徊は辞書的には、目的もなくウロウロと歩きまわることですが、認知症の人が歩きまわるのは、ちゃんとした目的があるからです」

会場に意外そうな空気が流れる。宗田医師がにこやかに続ける。

「たとえば、散歩に行って帰り道がわからなくなったとき、認知症の人は不安に苛まれ、必死に目印になるものをさがすんです。家に帰りたい、知っている道にもどりたいという立派な目的があって、歩きまわるのです。無闇にうろつく徘徊とはちがうでしょう。自宅にいるのに、家に帰ると言って出て行く場合も、本人の意識の中では自分の家に帰るという目的があるのです」

たしかにそうだと好太郎はうなずく。では、何と言えばいいのか。その疑問を汲むように、宗田医師は照れたような笑いを浮かべた。

「今のところ、徘徊をうまく言い換える言葉はありません。道迷いとか、ひとり歩きとかいう自治体やＮＰＯもありますが、今ひとつしっくり来ないですね。認知症の人の歩きまわりを指す新しい言葉が必要かもしれません」

そう言ってから、宗田医師はわずかに口調を改めた。

「言葉の言い換えは、私はあまりいいとは思っていません。言葉だけ変えても、内実が変わらないと意味がないからです。認知症もそもそもは老人ボケと言われていました。それはあまりに差別的だということで、老人性痴呆と言い換えられました。ですが、痴呆も何もわからない人というニュアンスがあるので、二〇〇四年に厚労省が認知症と改めたのです。本来は認知障害とすべきですが、この言葉はすでに症状の名称にあったので使えなかったのです。しかし、よく意味のわからない言葉にしたことで得られるメリットもありました。以前は、親を診察に連れてきた家族に、痴呆の疑いがありますと言うと、そんなはずはない、父はまだまだしっかりしていると怒る人がいましたが、認知症の疑いですと言うと、じゃあ、どうしたらいいんでしょうと、病名を受け入れる人が増えたんです。これは現場の医師には大変好ましい変化でした」

なるほど、とうなずく顔がそこここで見える。

続いて、宗田医師は認知症患者の地域での受け入れに話を移した。

「認知症の人を地域で受け入れるのは、簡単なことではありません。危機管理はもちろん必要です。認知症の人が関係した事故で世間を騒がせたのは、二〇〇七年に起きた踏切事故ですね。九十一歳の認知症の男性が、誤って踏み切りに入り、電車に轢かれて亡くなったあと、同居していた八十五歳の妻らに、計七百二十万円の賠償金が請求され、地方裁判所がこれを認めたのです。この判決は、認知症の患者を抱える家族に大きな衝撃を与えました。こんな判決が出るようでは、認知症の患者は家に閉じ込めておくしかないという声も上がりました。幸い、この裁判は控訴、上告が行われ、最高裁は遺族には賠償責任がないという判断を示しました。でも、だからと言って、めでたしめでたしということにはなりませんよね」

宗田医師が会場に問いかける。小野田と金子が大きくうなずく。

「被害者が会社ならいいとは言いませんが、個人が被害にあった場合、監督責任者に賠償の義務が発生しないと、泣き寝入りせざるを得なくなります。認知症の人が引き起こしかねないトラブルには、どんなものがあるでしょうか」

小野田と金子はいくらでもあるぞとばかりに、身を乗り出す。好太郎は宗田医師がどう話を進めるのか、緊張しつつ見守る。

「まずは火の不始末ですね。これは近隣に大きな被害を与える危険があるので、厳重に注意しなければなりません。また、認知症の人は突拍子もない行動に出ることがありますから、人にぶつかって怪我をさせたり、ものを倒して壊したりすることもあります。もちろん悪気はありませんが、怪我をさせられた人や、大事なものを壊された人にすれば、笑って許すわけにもいかないでしょう」

その通りとばかり、小野田と金子が腕組みの姿勢で首肯する。

「しかし、認知症の人が引き起こしたトラブルを、すべて監督責任者に賠償させるとなると、家に閉じ込めるか、施設に入れるしかないという家族も増えるでしょう。それでは認知症の人を地域で受け入れることにはなりません」

今度は好太郎が会場にアピールするように、大きくうなずく。

「ではどうすればいいか。この問題はすでに各方面で議論されていて、自治体の中には公費で賠償金を給付すると決めたところもあります。もちろん、きちんとした審査があり、すべてのケースが補償されるわけではありません。もうひとつの方策は、自治体が民間の損害賠償保険に加入するやり方です。こちらは自治体が直接補償するのではなく、保険会社を通じてすることになります。残念ながら、品川区ではまだその制度は発足していないようなので、行政に頼るのはむずかしいでしょう。ひとつのアイデアとして、マンション全体で損害賠償保険に加入するということも考えられます。認知症の人にかぎらず、過失が原因で損害が発生した場合に補償することにすれば、一般の住人もカバーされることになるでしょう」

それはいいと好太郎は何度もうなずくが、会場の反応は今ひとつだった。やはり自分が加害者になるより、被害者になる可能性のほうが高いと思う者が多いのだろう。

そのあと、宗田医師は認知症の介護について、多くの人が失敗するパターンと、好太郎が心酔した認知症介護の極意ともいえる心構えを語って、講演を終えた。

続いて質疑応答に移った。好太郎が質問を募ると、兄が自宅で父親を介護しているという女性が手を挙げた。

「父はレビー小体型の認知症なのですが、入れ歯をなかなか入れさせてくれなくて、兄嫁が困ってるんです。何かいい方法はないでしょうか」

「入れ歯をいやがる方はけっこういます。以前はぴったりでも、歯茎がやせて合わなくなったり、粘膜が過敏になって痛んだりするからです。原因を確かめることが先決ですが、いやがる人には入れ歯をしなくてもいいんじゃないかと、私は思っています」

「でも、それじゃしっかり嚙めないじゃないですか」

「嚙まなくても大丈夫です。麺類などは、みなさんも思った以上に嚙まずに吞み込んでいますよ」

それには好太郎にも覚えがあった。中学生のとき、インスタントラーメンを食べた直後に吐き気がして、洗面所でもどしたら、しっかり嚙んだつもりの麺がほぼそのまま出てきたのだ。

宗田医師が続けて言った。

「多くのご家族は、認知症の人にふつうの状態を求めます。それが無理なんです。無理を押しつけられると不愉快になって、介護に抵抗したり、介護者が困るようなことをします。入れ歯もそうですが、本人のいやがることはできるだけしない。本人のしたがることはできるだけさせる。認知症の人がティッシュを食べようとすると、たいていの人は止めますが、私は好きなようにさせていいと思います。ティッシュを食べても死にませんから。同様にパジャマで外出したり、部屋をゴミだらけにしたり、何日かお風呂に入らなくてもよしとしましょう。そうやって許容すると、認知症の人も機嫌がよくなります。関係が良好になって、介護もスムーズにできるようになると思います」

そうか、ティッシュは食べてもいいのか。さすがは宗田医師と、好太郎は称讃の眼差しを送るが、会場には戸惑いの表情が優勢だった。


後ろの席から、駐車場でブレーキとアクセルを踏みまちがえた権田が質問に立った。

「認知症にならないようにするには、どうすればいいですか」

切羽詰まった表情で、声も強ばっている。宗田医師は恐縮するように答えた。

「確実な予防はむずかしいですね。認知症の原因がまだ明らかになっていませんから、予防も治療もできないというのが正直なところです。テレビや週刊誌ではいろいろな方法が紹介されますが、いずれも効果は証明されていません。でも、認知症もそれほど恐れることはないと思いますよ」


新しい治療法が開発されつつあるのかと、会場の期待が高まる。だが、宗田医師が言ったのはまるで逆のことだった。

「認知症はなりかけが苦しいだけで、なりきってしまえばいやなことはすべて忘れるんです。家族に迷惑をかけるとか、自分がだめになっていくとかで思い悩むのは、頭がはっきりしている間だけです。認知症が進めば、死の恐怖さえなくなります。ある意味、幼子のように天真爛漫に暮らせるのです」

かすかな苦笑が洩れ、そういう考え方もあるのかという空気が広がる。

真ん中あたりから、「先生」と甲高い声が上がった。三階で問題になっているという小林という女性だ。

「わたし、心療内科の先生に若年性の認知症だと診断されたのですが、心療内科の診断は信用できないんでしょうか」

「そんなことはありませんが」

宗田医師が怪訝な表情で答える。小林は高ぶった声を震わせた。

「でも、この前の臨時総会で、精神科の診断でないと正式でないと言われたんです。わたしはゴミの分別もできないし、どんな服を着たらいいのかわからないし、飲み過ぎて意識を失うこともあって、認知症にちがいないんです。なのに、それを否定されて、悔しくて……。先生、お願いです。わたしを認知症だと言ってください」

叫ぶように言われ、壇上で宗田が困っている。好太郎がたまらず割って入った。

「小林さん、個別の相談はこの場ではご遠慮願えますか」

「どうしてなの。わたしは認知症なのよ。何もわからないの。先生に助けを求めてるの」

前回、小林を批判した男性が我慢しきれないようすで言った。

「あんたは認知症じゃないよ。ただの性格異常だ」

「えーっ。ひどい。あんまりよ。みんなでわたしをいじめるのね。つらいわ。もう耐えられない」

小林は両手で顔を押さえると、前回と同じく周囲を押しのけるようにして退場した。

会場が鎮まると、最前列の小野田が発言を求めた。

「講演をうかがって、いろいろわかりましたが、結局のところ、認知症による事故やトラブルの危険性を減らす手立てはないということですね。受け入れるしかないと」

「まあ、そうですね」

宗田医師が答えると、小野田は予測していたかのように露骨に首を振った。

「今日は認知症の専門家がいらっしゃるというから、どんな解決法を聞かせてもらえるのかと思ったら、何なんですか。認知症は予防も治療もできないとか、認知症の人がおかしなことをしてもそのままさせておけとか、これじゃ無為無策もいいところじゃないですか。とても専門家のご意見とは思えないんですが」

不貞腐れた口ぶりに、好太郎は反射的に言葉を返した。

「小野田さん。その言い方は宗田先生に失礼じゃないですか。取り消してください」

「何が失礼なんです。今日の話で何か具体的な方策が見えましたか。認知症はどうしようもない、あきらめろと言ってるのも同然じゃないですか」

「ぜんぜんちがう。あんたは宗田先生の話を故意にねじ曲げてる。そもそもあんたの要求はないものねだりだ」

「ウオッホン」

言い争いが激化しかけたとき、佐治が大きな咳払いで間に入った。二人を無視して、宗田医師に聞く。

「認知症がらみの事故やトラブルを防ぐのは、やっぱりむずかしいということでしょうか」

「そうですね。無為無策と言われれば、認めるしかありません。専門家なら状況を改善して当然と思われる方もおいででしょうが、専門家でもできないことはあります。正しい知識を持つというのは、無理なことを求めないことです」

そう言ってから、宗田医師は会場に目を向けた。

「先ほど、控え室で理事長さんから、人権と安全は両立しにくいというお話をうかがいましたが、まさにその通りです。どちらも大切ですが、できれば人権を優先していただきたいんです。そのために多数の安全が脅かされますが、人権を守るというのはそういうことです。多数が不利益を蒙っても、少数者の権利を優先するのが人権ですから」

宗田医師は恭(うやうや)しく頭を下げて、講演を終了した。

好太郎は盛大に拍手をしながら、複雑な思いを持て余していた。認知症の父を自宅で介護するのは人権に基づく行為だと胸を張ってきたが、やはり周囲に迷惑をかけているのか。あまりえらそうにしてはいけないなと、仏頂面の小野田と目を合わすことができなかった。

34

「父さん。風呂に入ろうか」

幸太郎が洗面器にセッケンとタオルを入れて、茂一を誘う。認知症の人は、「風呂」という言葉が理解できないことがあるから、目で見てわかるものを示したほうがいいと、ネットの介護情報に出ていた。

「洗い立てのタオルは気持よさそうだろ。セッケンもいい香りがしてるよ」

「いやだ」

茂一は拒絶のときははっきりと言葉を言う。

前に入浴させてから、すでに五日がたっている。

自宅に引き取った当初は、わりと素直に入浴していた。ところが、少し前、タイルで滑って転倒しそうになってから、茂一は風呂場へ行くのをいやがるようになった。すぐに滑り止めマットを敷いたが、なかなか風呂場へ行こうとしない。

認知症の人が入浴をいやがるのは、滑るのが怖いとか、入浴の意味がわからないとか、人によってさまざまである。入浴中に怒られたり、無理に湯船に入れられたりして、入浴イコールいやなことという刷り込みができてしまう場合もある。だから、好太郎は決して怒らないように心がけていた。

だが、現実には苛立つことも少なくない。セッケンまみれのまま浴室から出て行こうとしたり、湯船にシャンプーを垂らしたり、いきなり好太郎に湯をかけたりもした。気持よさそうにしていると思えば、シャワーチェアに座ったまま脱糞していて、このときばかりはえずいてしまった。

無理に入浴させるのはよくないが、何日も入浴させないのもよくない。それで、今日は浸かるだけにしようとか、風呂から上がったら冷たい牛乳を飲もうなどと言って誘うが、応じる回数は減っていた。

この前の宗田医師の講演を聴いてから、好太郎も無理に入浴させなくてもいいという考えになっていた。風呂に入らなくても死ぬわけではないし、清拭でもある程度きれいになる。ふつうの状態を求めすぎるから、介護が厄介になるのだ。

とはいえ、五日も風呂に入らなければ、そろそろにおいが気になる。好太郎は鼻を近づけて、茂一の体臭をチェックした。高齢で代謝が落ちているせいか、さほどにおいはしない。それでも加齢臭はあるだろうから、清拭の日は首筋にオーデコロンを振りかけることにしていた。そうすれば泉や千恵も接しやすいだろうし、ヘルパーにもいやな思いをさせずにすむ。

この日も入浴はあきらめて、温タオルで身体を拭くことにした。

茂一をベッドに寝かせ、まず顔から拭いていく。気持いいのか、リラックスしたように目を閉じる。茂一の眉は白髪まじりだが濃く、目の下には脂肪がたるんでいる。あまり似ているとは思えないが、自分も歳を取ったらこんな顔になるのかと、ふと思う。

首筋を拭い、シャツをはだけて身体を拭く。自分にはないが、父にはわずかな胸毛がある。胸毛は遺伝しないのか。腕と脚はいかにも老人の身体という感じで、生きてきた年月を思わせる。この手足で家族を守ってきてくれたのだなと、感謝の気持が湧く。足の爪も歪み、ひからびているが、父の人生の生きた記念品だ。

前が終わるとベッドに座らせて、背中と後頭部を拭く。何度かタオルを絞り直して、大きく拭くと、茂一もさっぱりするのか、洗濯したてのシャツに着替えて、満足げにベッドに横たわった。

日曜日の午後、玄関のチャイムが鳴った。好太郎が出ると、となりの小野田恵理那が、「こんにちは」と入ってきた。

「おじいさん、いますか」

返事も聞かずに介護部屋に行こうとする。それを呼び止めて訊ねた。

「いるけど、家の人は恵理那ちゃんがうちに来たことは知ってるの」

宗田医師の講演会以来、小野田とは冷戦状態が続いている。娘が遊びに来たことがわかれば、何を言われるかわからない。そう懸念したが、恵理那は大人の事情など関知しないようにあっけらかんと答えた。

「マミィもダディも留守だから、勉強の息抜きに遊びにきたの」

「おじいちゃんに会うのが息抜きになるの？」

「だって、おもしろいんだもん」

大人が言えば失礼になりかねないことでも、子どもなら許せてしまう。茂一も恵理那を気に入っているようだったから、いい刺激になるかもしれない。

いっしょに介護部屋に行くと、茂一は一人用のソファに座っていた。

「こんにちは。恵理那だよ。覚えてる？」

「ホッ？」

目だけ動かして、目の前に現れた少女を不思議そうに見る。恵理那は両手を後ろに組み、顔だけ近づけてゆっくりと発音する。

「恵、理、那、だよ」

「え、り、な……」

「そうそう。言えたじゃん」

「り、ぐ、び」

「ちがうよ。名字は小野田。おのだ・えりな」

恵理那が訂正すると、茂一はかすれた高音で口ずさんだ。

ビートルズの「エリナー・リグビー」だと、好太郎は気づく。そう言えば、茂一はビートルズと同世代だ。もう一度、恵理那を指さして聞く。

「父さん。この子の名前、わかるの」

「え、り、な」

「すごい」

「り、ぐ、び」

それは余計だが、むかしの歌をきっかけに名前が出るのなら、自分の名前も思い出してくれるかもしれない。

「恵理那ちゃん。ちょっとおじいちゃんの相手をしていてね」

好太郎は恵理那に言い残し、リビングにもどった。泉のノート型パソコンを立ち上げ、目当ての曲をYouTubeで呼び出す。それを持って、介護部屋にもどった。

「父さん。この曲、聞いたことあるだろ。七〇年代のコミック・フォーク」

好太郎が生まれる前の曲だが、当時、大ヒットしたらしく、その後もテレビやラジオで何度か聞いたことがある。

軽快なギターとバンジョーの前奏がはじまると、茂一がソファから身を乗り出した。聞き覚えがあるのだろう。目的のサビはすぐにやってきた。

〽走れー　走れー　コウタロー　本命穴馬かきわけて

　走れー　走れー　コウタロー　追いつけ追いこせ引っこぬけ

茂一が歌に合わせて身体を揺する。好太郎も手拍子を打ち、「コウタロー」のところで自分を指さす。二番の歌詞で茂一は立ち上がり、テンポのずれた手拍子を打ち出す。恵理那もおもしろがって、ブレイクダンスのように身体をくねらす。好太郎も踊りながら、名前が出るたび、自分を指さす。茂一はそれを見て、調子よくうなずく。思い出しているのか。記憶がよみがえりかけているのか。

二分半ほどの曲が終わると、茂一が「ワハハハハ」と大声で笑った。父親をソファに座らせ、好太郎は肩で息をしながら、にこやかに訊ねた。

「父さん。ボク、名前わかる？」

「ホッ？」

「いや、ホッじゃなくて、コウ」

誘導しようとすると、茂一は好太郎から目を逸らし、恵理那を指さした。

「え、り、な」

「すごーい。おじいさん、あたしの名前、完全に覚えたね。嬉しい」

恵理那が茂一の胸元に飛び込むように抱きつく。茂一が苦しげに「り、ぐ、び」と唸る。

「いいにおいがする。あー、なごむー」

恵理那が茂一の胸に顔を埋めている。きっとオーデコロンの香りだろう。

「もっと上のほうが香りが強いよ」

そう言うと、恵理那は顔を上げたが、途端に「うっ」と鼻を覆った。

「このにおいじゃない」

ふたたび茂一のカーディガンの胸元に顔を埋める。オーデコロンでなければ、茂一自身の体臭か。つまりは加齢臭だ。

「そのにおいがいいの?」

「うん。お祖父ちゃんと同じにおいがする」

懐かしそうに小さな鼻をこすりつけている。

何かの本で読んだが、加齢臭は小さな子どもに安心感を与えるらしい。孫は祖父母のにおいを、自分を守ってくれるにおいと識別するという。そう思えば、どことなく日向のような温かみが感じられる。オーデコロンなどでごまかすのは、無用なことなのかもしれない。

恵理那はそのあとも茂一の手を取ったり、耳の毛を見て笑ったりして、楽しそうに帰って行った。好太郎は結局、名前を呼んでもらえなかったが、まあ、いいかという気持になった。

35

ヘルパーの山村が、仕事を終えて帰り際に好太郎に聞いた。

「茂一さん、前立腺肥大はなかったですか」

なぜそんなことを聞くのか。不審の表情を浮かべると、「なんとなく、そんな気がして」と、照れたように頭を掻いた。

山村はどうも頼りない気がする。ベテランの佐野と比べるからかもしれないが、彼はどことなく自信がなさそうだ。

「親父が前立腺で医者にかかってたなんてことは聞いてないな」

「だったらいいんですが。おしめに出てる尿の量が、多かったり少なかったりするので」

「それは前立腺肥大の症状なのかい」

「いや、そういうわけじゃ……」

医者でもないのに、曖昧な知識で病気を指摘しないでほしい。

「大丈夫だよ。山村君は意外に心配性なんだな」

好太郎は楽観的に笑って、山村の肩を叩いた。

ところが二日後の朝、介護部屋から茂一の唸る声が響いてきた。好太郎が見に行くと、茂一はベッドで仰向けのまま、天井を見つめて苦しそうに呻(うめ)いていた。

「どうしたの、父さん。どこか苦しいのか」

掛け布団をめくるが、別段、変わったところはない。しかし、両手を握りしめ、膝を立ててこすり合わせている。

「膝が痛いの」

返事はない。

泉もようすを見に来て、「大丈夫ですか」と声をかけると、茂一は横目で彼女を見て唸るのをやめた。

「もういいのか。脅かさないでくれよ」

掛け布団をもどして引き上げかけると、また「オォーッ」という声が上がった。さっきより切迫している感じだ。ふたたび布団をめくるが、さっぱりようすがわからない。

そこへ山村がやってきた。泉に話を聞いて、介護部屋に入るなり、パジャマのズボンを下ろしておしめを確認した。

「オシッコが出てません。尿閉みたいです」

尿閉とは尿がまったく出ないことで、前立腺肥大などで尿道が圧迫されていると、膀胱に溜まった尿の圧で尿道がふさがれてしまうらしい。一晩中、溜まった尿が出そうにも出ないのだから、その苦痛は想像に難くない。

「昨夜、最後に排尿があったのは何時ですか」

「十一時前におしめを替えたから、それから出てないってことになるな」

話している間にも、茂一が呻き声を上げる。

「すぐ救急車を呼んでください」

救急車など呼んだことがない好太郎が戸惑っていると、山村が自分のガラケーで119に連絡した。

「救急車をお願いします。七十五歳の男性で尿閉です。住所は――」

好太郎に聞きながらテキパキと伝える。患者は認知症もあり、自分はヘルパーだということも言い添える。通話が終わると、山村は茂一のところにもどり、身体を横向きにして膝を曲げさせた。

「このほうが楽でしょう。大丈夫です。すぐに救急車が来ますから、病院でオシッコを出してもらいましょう」

好太郎は山村の対応に思わず見とれた。ふだんの頼りなさそうな彼とはまるでちがう。

大きな声を出すわけではないが、的確に手配を進めていく。

「矢部さん。茂一さんを病院へ連れて行く用意をしてください」

「はい」

生徒が先生にするような返事をして、はたと立ち止まる。

「入院の準備がいるんだろうか」

「取りあえず今日は導尿するだけでしょうから、帰って来られると思います」

「了解」

泉に外出用の服と保険証の用意を頼んでいると、救急車のサイレンが近づいてきた。インターホンが鳴り、オートロックを解除すると、救急隊が折りたたみの担架を持って上がってきた。

「どなたが付き添われますか」

救急隊員に聞かれ、好太郎は「私が」と言ったあと、山村に「君もいっしょに来てくれるかな」と頼んだ。今はすっかり彼を頼る気分になっている。

二人で救急隊員の後ろについて、玄関口に向かった。山村が靴脱ぎで、「茂一さんのはこれですね」と、介護用の靴を取り上げる。好太郎は病院に行くことで頭がいっぱいで、帰りの靴のことなど思いつきもしなかった。

救急車に乗ってからも、山村は茂一の腰をさすり、搬送中にも尿が出ないか、ときどきおしめをチェックした。茂一はウンウン唸りながら顔をしかめ、こめかみに脂汗を流している。好太郎はどうしていいのかわからず、ただ山村のすることを見ているしかない。

幸い、東五反田の総合病院が受け入れてくれることになり、救急車は五分ほど走って、一階の救急外来に横づけされた。直ちに医師と看護師が出てきて、茂一をストレッチャーに乗せて処置室に運び込む。

好太郎と山村は待合室に通され、別の看護師から状況説明を求められた。

「七時ごろから急に苦しみだしまして、どこが苦しいのか聞いたのですが、本人は認知症もあって、答えられなくて……」

まどろっこしい説明をしていると、横から山村が遠慮がちに口をはさんだ。

「昨夜から排尿がないようなんです。下腹部が膨れてますから、尿閉だと思います」

「わかりました」

山村のひとことですべてを了解したように、看護師は処置室にもどっていった。

待合室のベンチに座り、好太郎は感心するように言った。

「山村君、すごいね。見直したよ。こういう場面は何度か経験してるの?」

「救急車を呼んだことは、一度ありますけど」

いつもの頼りなさそうな声で答える。しかし、声の調子など関係ない。

「尿閉とか導尿とか、専門用語もよく知ってるね。自分で勉強したの？」

「勉強しとかないと、看護師さんや先生の言ってることがわからないので」

そこまでわかる必要はないと考えるヘルパーもいるだろうが、それではこういうときに手助けにならない。

「今日は山村君がいてくれて、ほんとうに助かった。礼を言うよ。ありがとう」

待合室のベンチには、ほかにも何人かの患者や家族が座っていた。茂一は救急扱いで優先的に診てもらったようだ。処置室の扉に目をやると、中から籠もったような叫び声が聞こえた。どんな治療を受けているのか。不安だがここは医師に任せておくより仕方がない。

しばらくすると、看護師が呼びにきたので、山村といっしょに処置室に入った。医師がゴム手袋をはずしながら好太郎たちを迎えた。床に置いたプラスチックの尿瓶（しびん）を指さして言う。

「尿道にネラトンという細い管を入れて、溜まっていた尿を出しました。八五〇ミリリットル。そうとうつらかったでしょうね」

処置台に寝かされた茂一は、じっと天井を見つめているが、さっきまでの苦悶の表情はない。三十代後半らしい小柄な医師が続ける。

「原因はおそらく前立腺肥大だと思われますが、肛門から指を入れてする検査をしよう

としたら、大声を出して暴れられたので中止しました。診断は前立腺肥大の疑いという
ことにしています」

さっきの叫び声はそれだったのか。それにしても、肛門から指を入れるとは、現代医療とも思えぬ野蛮さだと、好太郎は秘かにあきれた。

とにかく茂一の苦痛は解決したので、好太郎はていねいに頭を下げた。

「ありがとうございます。今日はこれでもう帰ってよろしいんでしょうか」

「血液検査だけさせてください。ほかの病気が隠れているといけませんから」

医師はそう言って、看護師に採血の指示を出した。準備ができると、看護師が好太郎に言った。

「お父さまが動かれると危ないですから、身体を起こさないよう押さえていただけますか」

「わかりました」

好太郎が茂一に言う。

「今から血の検査をしてもらうから、動いちゃだめだよ。わかった?」

茂一は不安そうに目を左右に動かしている。何がはじまるのか、不安で仕方ないようすだ。

「僕は脚を押さえます」

山村が足元に移動すると、医師はうなずいて、自らは茂一の上腕と二の腕をしっかりつかんだ。

「はい。ちょっとチクッとしますよ」

看護師が言うなり、肘の内側の静脈に針を刺した。

「アウォッ」

茂一が叫んで上半身を起こそうとした。好太郎は跳ね返されそうになり、慌てて両肩を押さえつける。医師は予測していたらしく、肘だけ動かないよう固定している。看護師も動じず、採血針に真空のスピッツを手早く差し替えている。

「はい。けっこうです」

看護師が針を抜いて、アルコール綿で血管を圧迫する。

「ウォオッ、ウォッ、いやだぁ」

茂一が興奮して処置台の上で暴れる。

「父さん。終わった。もう終わったから」

必死でなだめるが、茂一の目はせわしなく動き、説明も耳に入らないようすだ。好太郎は茂一の両肩をつかみ、「どうしてわからないの。終わったから静かにして」と怒鳴った。山村が心配そうにこちらを見ている。気づくと父親より自分のほうが取り乱していた。

「今日はこれで結構です。もし、また尿が出なくなったら、すぐ救急外来に来てください。変化がなければ、一週間後、検査の結果を聞きに来てくだされればいいです」

医師に言われて、好太郎は山村と二人、車椅子に乗せられた茂一を連れて病院の出口に向かった。会計を済ませて、タクシーに乗る。やれやれ、認知症の介護にはこんなこともあるのか。

好太郎はぐったりと疲れ、山村をねぎらう元気も残っていなかった。

36

帰宅すると、茂一も疲れたのか、ベッドに横になるとすぐにいびきをかきはじめた。朝食は抜きだが、昼に多めに食べさせればいい。

心配したのは次の排尿があるかどうかだったが、昼食に起こしたときに見ると、おしめが濡れていた。いつもなら面倒だと思うのに、この日はおしめが濡れていてほっとした。尿なんて出て当たり前と思っていたが、年を取るとそうではなくなるのだ。

そのまま順調に経過するかと思っていたら、四日目の朝、またおしめが濡れていなかった。すぐにこの前の病院に電話を入れ、茂一が歩けそうなので、今回は救急車は呼ばずに自分の車で病院に向かった。

すぐに処置室に通され、またネラトンで溜まった尿を出してもらった。二度目なので好太郎も待合室で待つ間、さほど不安を募らせることもなかった。また叫び声が聞こえないかと耳を澄ましていたが、幸い悲鳴は聞こえなかった。

前の診察のとき、尿閉を繰り返すようなら留置カテーテルが必要になるかもと、医師から言われた。以前、泉と話していたバルーンのことだ。それを入れると、尿でおしめが汚れることはなくなる。便は出るからおしめは必要だが、交換の回数はぐっと減る。尿閉は困ったことだが、もしかしたら案外、怪我の功名になるかもしれないと、好太郎は少し気を緩めた。

やがて、看護師が呼びに来て、好太郎は処置室に入った。

「父さん。大丈夫?」

今回は肛門から指を入れる検査がなかったらしく、茂一は平然と処置台に横たわっている。パジャマのズボンから透明のチューブが出ていた。やはり留置カテーテルを入れられたらしい。

医師にその説明を聞いて、好太郎はていねいに頭を下げた。

「ありがとうございます。この管を入れておけば、もう尿が出なくなる心配はないのですね。助かります」

心なしか声がはずむ。

前はこれで終わりだったが、この日は帰らせてくれなかった。泌尿器科の外来に行くようにと、診察用のファイルを渡された。この上、どんな検査がいるのか。不審に思いながら、好太郎は茂一を病院の車椅子に乗せてロビーに出た。

案内板に従って泌尿器科外来に行き、受付にファイルを渡すと、すぐ診察室に入るように言われた。時間前だが、特別に診てくれるらしい。

「泌尿器科部長の小堀と申します。矢部茂一さんの息子さんですね」

銀縁眼鏡をかけた中年の医師が、好太郎に椅子を勧めた。色白の神経質そうな風貌で、あまり人好きのしない感じだ。

「前回の血液検査の結果ですが、PSAがかなり高くなっています。正常値は四・〇以下ですが、矢部さんは九〇を超えていますので」

何のことかわからない。それでも深刻な状況らしいことは口振りでわかった。

小堀はわずかに間を置いて続けた。

「つまり、前立腺がんの可能性が高いということです」

思いがけない宣告に、好太郎は言葉を失った。介護が軽くなると楽観していたのに、いきなり死の危機に直面させられ、狼狽した。

茂一を見ると、ショックを受けたようすもなく、ぼんやりと車椅子に身を預けている。

好太郎は取りあえず浮かんだ疑問を口にした。

「尿閉になったのは、がんが原因ということですか」

「それは何とも言えません。前立腺肥大の可能性のほうが高いと思われますが、いずれにせよ、まだ疑いの段階ですので」

状況がよくのみ込めていない好太郎に、小堀はお決まりのセリフのように説明した。

「PSAは、いわゆる腫瘍マーカーで、これが高いというだけでは確定診断になりません。最終的にがんと診断するには、組織の一部を取って、顕微鏡でがん細胞を証明する必要があります。前立腺がんの場合は、肛門から棒状の超音波探子(たんし)という器具を直腸に差し入れ、画像を見ながら、特殊な針でがんが疑われる場所の組織を六カ所ほど採取します」

簡単に言うが、される側になって聞くと、思わず尻の穴がすぼまりそうな説明だ。

小堀が続ける。

「がんが確定したら、次は胸部X線撮影、CTスキャン、MRI、骨シンチグラムなどで転移の有無を調べます。治療法はがんのステージによって異なり、転移のないステージIでしたら、手術で前立腺を切除します。転移がある場合は、状況に応じて手術、放射線、抗がん剤、ホルモン療法などを、単独または組み合わせて行います」

そこまで言い終えてから、小堀は軽く咳払いをして、目線を伏せながらつけ加えた。

「さらにもうひとつ、治療をせずに経過を見るという選択肢もあります」

どういうことか。好太郎はおずおずと訊ねた。

「治療しなければ、がんは治らないんじゃないですか」

「まあ、そうです」

冗談を言っているのか。好太郎は前のめりになりながら、無音で口を二、三度、開け閉めした。

小堀は好太郎の疑問に答えるべく、上体を前に倒して言った。

「検査や手術には苦痛が伴いますし、放射線治療や抗がん剤には副作用もあります。それは患者さんにとってつらいことですし、また、治療をしたからといって必ずしもがんが治るとはかぎりません。お父さまの状況を考えると、治療しないでようすを見るというのも、ひとつの選択肢としてあり得るということです」

お父さまの状況？　もしかして、茂一が認知症で、検査や治療に手がかかるという理由で、やんわり受け入れを拒否しているのか。そんな疑念が好太郎の脳裏をかすめた。

「でも、治療すれば治るかもしれないんでしょう。まだ血液検査をしただけなのに、あきらめろとおっしゃるのですか」

「そうは言っておりません。ＰＳＡが九〇を超えているので、転移している可能性も否定できませんし、検査を受けていただくのにも、いろいろ我慢をしていただかなければなりませんので」

弁解がましい口調を遮って、好太郎が声を低めた。

「父が認知症だから、そんなことをおっしゃるんですか。入院したら世話が大変だから、治療はあきらめろと」

「とんでもない」

小堀は一重の目をいっぱいに開き、激しく首を振った。

「それは誤解です。認知症の方でももちろん受け入れます。私はお父さまのことを思って言ったまでです。そんなに疑うのでしたら、今すぐ入院していただいてもけっこうですよ。がんなんですから、治療は少しでも早いほうがいいでしょう。いつ転移が起こるかもしれないんですから。どうされます。入院の手続きをしましょうか」

さっきはがんの疑いと言っていたのに、今はがんと決めつけている。感情的に反論してくるのは、好太郎の疑念が半ば図星だったからではないか。

しかし、今すぐ入院というのはあまりに急だ。それに茂一がおとなしく検査を受けてくれるとは考えにくい。

「さっきうかがった肛門から器具を入れる検査ですが、もう少し楽な方法はないのですか」

好太郎が聞くと、小堀は早口に答えた。

「経直腸的にするのがいちばん楽なんです。会陰部から直接、穿刺するやり方もありますが、こちらのほうが痛いですから」

「麻酔で眠らせてもらうわけにはいかないんですか」

「全身麻酔はリスクがあるので、検査には使いません。鎮静剤で眠らせることはできますが、検査後の点滴のほか、CTスキャンやMRIなど、体動があるとできない検査のときにも眠らせることになります。それでもいいとおっしゃるなら使いますが、副作用で認知症が悪化したり、薬をやめても朦朧（もうろう）状態が続いたりする危険性もあり得ます。ほかにも点滴を抜いたり、手術後の安静を保てなかったりすれば、拘束させていただく場合もあります。もちろん必要最低限にとどめますが、治療上、どうしても必要なときには致し方ありません。そういうことを、すべて了承していただかなければなりません」

　小堀は口角に白い泡を溜めてまくしたてた。どうやら好太郎は医師の機嫌を損ねてしまったようだ。認知症だから受け入れないのかみたいな聞き方をしたのは、さすがにまずかった。それに、せっかく自宅に引き取ったのに、入院させてこれ以上、認知症が進むのは困る。

　好太郎は素直に反省し、今後のことも考えて頭を下げた。

「失礼なことを申し上げてすみませんでした。私たちは先生にすがる以外にないんです。先生のおっしゃったことをよく考えて、ほかの家族とも相談して、父の治療をどうするか決めさせていただきます」

「あ、いや、私のほうこそ、少々ムキになりすぎたようです。もし、治療をご希望でしたら、遠慮なくおっしゃってください。お父さまに最適の方法を考えますから」

小堀は照れくさそうに言い、苦笑いを浮かべた。さほど気むずかしい医師でもなさそうだった。

車椅子を押して駐車場に向かいながら、好太郎はどうすべきか考えた。もちろん独断では決められない。泉や裕次郎の意見も聞かなければならない。彼らは何と言うだろう。いや、そもそも父自身はどう望んでいるのか。

「父さんはどうしたい」

問いかけても、茂一は車椅子にもたれたまま、ウトウトと船を漕いでいた。

37

帰ってから一部始終を話すと、泉は「何、それ」と小堀の対応にあきれた。

しかし、茂一を入院させるかどうかについては、すぐに結論を出せないようだった。

「で、あなたはどうしたいの」

「がんだったら、やっぱり治療してもらいたいよ」

「でも、検査や治療は大変なんでしょ。薬で眠らせたとしても、それで認知症が進んだらどうするの」

「それは困るけど、でも、進まない可能性もあるよ。今ならがんも転移がなくて、治療しやすいかもしれないし」

「またそういう都合のいい考えに走ろうとする」

泉に指摘され、好太郎は不本意だったが口をつぐんだ。

「わたしたちだけでは決められないから、裕次郎さんたちにも相談したら」

「そうだな」

裕次郎夫婦はすでに仕事に出ている時間だったので、夜になるのを待って連絡することにした。今回は前のようにスマートフォンの取り合いをしないでいいように、LINEのビデオ通話を使うことにする。

夕食後の落ち着く時間を考えて、午後八時過ぎに連絡すると、メイン画面で裕次郎が意外そうな表情を見せた。

「どうしたの、兄さん。ビデオ通話なんて珍しいね」

「実はさ、父さんのことなんだけど」

好太郎はまず三日前の尿閉から、今日留置カテーテルを入れたところまでを説明した。スピーカーの声を聞きつけたらしい朋子も画面の隅に現れた。こちらも泉が左上のサブ画面に映っている。

「バルーンを入れたのなら、却っておしめの交換が減っていいじゃないか」

看護師の朋子から知識を得ているのか、裕次郎は動揺することもなく言った。

「それがさ、血液検査でPSAとかいうのが高く出てさ」

やんわり言うつもりが、朋子が先に反応した。

「お義父さん、前立腺がんなんですか」

裕次郎がえっという顔で朋子を見る。

「まだ確定したわけじゃないんだけど、いろいろ問題があってね」

好太郎は小堀に聞いた入院後の検査や治療について説明した。裕次郎は神妙な顔で耳を傾けている。朋子も口をはさまず、じっとこちらを見つめている。

「で、どうしたものかと思ってな。俺はできればきちんと検査をして、治療もしてもらいたいと思ってるんだけど」

そう締めくくると、裕次郎はひとつ大きく息を吸って答えた。

「親父がむずかしい病気になるかもしれないってことは、前々からある程度は覚悟してたんだ。だから、ついに来たかという感じだね。僕はどちらかと言うと、このままそっとしておくのがいいような気がしてる」

落ち着いた物言いに、好太郎は胸に反発のトゲが突き出た。前々から覚悟してたなんて、俺より長男っぽいじゃないか。

「おまえな、父さんは前立腺がんかもしれないんだぞ。治療しなけりゃ命に関わるだろう。せっかく血液検査で見つかったのに、みすみす指をくわえて見てろって言うのか」

無意識に相手の言い分を貶(おとし)めるような物言いになってしまう。裕次郎はそれに反応せず、冷静に答えた。

「がんの治療は副作用が強いから、何もしないほうがいい場合もあるんだよ。放置療法と言って、正式に勧める医師もいるようだし」

「検査もせずにあきらめるのは早すぎるだろ。転移があるとか、再発の危険性が高いとかだったら、俺もあきらめるよ。だけど、治る見込みがあるのに、検査もしないなんて、父さんの命を見捨てるのも同然じゃないか」

「だけど検査を受けるのも、父さんにはつらいことだろ。肛門から指を入れられたとき、大声で抵抗したって言ってたじゃない。CTスキャンとかも台の上でじっとしてなきゃいけないし、手術とかになったら、父さんにはいやなことの連続じゃないか」

「でも、それは病気を治すためだろ。命がかかってるんだぞ」

「父さんには治療や検査の意味がわからないから、単にいやなことをさせられてるとしか感じないだろう。それはかわいそうじゃないか。治療が可能だとしても、手術のあとは痛むだろうし、抗がん剤や放射線治療も、副作用で吐き気があったり、全身がだるかったり、苦しい思いをしなきゃならない。それよりこのまま自然な経過に任せて、穏やかに見守るほうがいいんじゃないか」

横で朋子がうなずいている。まさか、裕次郎は朋子に洗脳されてるのか。好太郎は声が強ばるのを意識しながら訊ねた。

「もしかして、朋子さんもそう思うの？」

言外に不満のプレッシャーを込めてみたが、朋子はあっけらかんと返した。

「あたしは中立ですよ。治療をするにせよしないにせよ、どっちにもいい面と悪い面がありますからね。医療には不確定要素がつきものですから、どちらがいいかは、やってみないとわからへんのです」

「そんな無責任な。朋子さんは看護師だろ。もう少し専門的なアドバイスはないの」

つい相手の意見に頼るような聞き方をしてしまう。

「うちの病棟にも認知症の患者さんが入院してたことはありますけど、大声を出したり、ほかの患者さんに迷惑をかけたりするので、すぐに精神科に送りました」

「薬で眠らせたりしないの」

「しましたよ。手術後に傷を触ったり、管を抜いたりしないように、強い鎮静剤で眠らせましたけど、それで廃人みたいになった人もいて」

廃人……。どぎつい言葉だ。好太郎が眉をひそめると、朋子が慰めにもならない付け足しをした。

「必ずそうなるとはかぎらへんけど、危険性があるということです」

「認知症が悪化しないようにはできないの」

これだけ医学が進歩しているのに、やってみないとわからないなんて、からきし頼りにならないじゃないか。

「無理ですよ。お義兄さんは医学に期待しすぎやわ」

正面切って言われ、好太郎はムッとする。朋子は構わず続けた。

「こういう大事なことは、やっぱりお義兄さんと主人とで決めてもらわんと。何と言うても実の息子なんやから」

「そうよね。わたしもそう思う」

横から泉が割って入った。「わたしも朋子さんと同じく中立よ。治療したほうがいいのか悪いのか、両方は試せないんだから、どちらかに決めるしかないものね。それはやっぱり息子たちの役目よ」

好太郎は治療賛成派、裕次郎は反対派、妻二人は中立ということだ。しかし、中立の二人は何となく、反対派寄りのような気がする。

劣勢を感じた好太郎は、一気に挽回すべく、改まった調子で宣言するように言った。

「ひとつ確実なことは、治療しなかったら父さんはがんで死ぬということだ」

これで情勢が変わるかと思いきや、裕次郎がすかさず理路整然と反論した。

「そうとはかぎらないよ。がんを持ちながら生きて、ほかの病気で死ぬ可能性もあるんだから。それより確実なことは、入院して検査や治療を受ければ、父さんがつらい目に遭うということだろ。それで治療しても、がんが完全に治るかどうかわからない。父さんがつらい思いもせず、がんが確実に治るという保証があるなら僕も治療に賛成するけど、そうでないならそっとしておくのがいいんじゃないか」

「おまえは父さんを見捨てるのか。認知症で何もわからないから、死んでもいいと思っているのか」

焦りからつい挑発するような口調になるが、裕次郎はあくまで冷静に返してくる。

「そんなことは言ってないだろ。父さんの残りの人生を考えてるんだよ。今さらいやなことをさせるのはかわいそうじゃないか」

「今は男の平均寿命が八十歳を超えてるのに、父さんはまだ七十五だ。治療をあきらめるのは早すぎるだろ。それは命を粗末にする発想だ」

「兄さん、平均寿命は今生きてる人の寿命の平均じゃないよ。今年生まれた赤ん坊の余命の予測だから、父さんの世代の平均寿命は生まれた年のを見なきゃいけない。一九四四年だから、たぶん五十五歳くらいじゃないか」

横で朋子が自分のスマートフォンで素早く調べる。

「データがあるのは一九四七年からやけど、そのときで男性は五〇・〇六歳やわ」

「しかしな、父さんが認知症だからと言って、治療ができないなんておかしいじゃないか。俺は受け入れられない。それこそ父さんがかわいそうだ」

好太郎はどうしてもあきらめることができなかった。がんかもしれないとわかっているのに、そのまま見過ごすことが許されるのか。思わず感情的になりかけたとき、横から泉が調停案を出した。

「わたしたちだけで議論しても、答えは出ないんじゃない。やっぱり専門家の意見を聞いたほうがいいわよ」

「専門家って？」

「宗田先生よ。認知症の人ががんになったとき、どうすべきか教えてくれるんじゃない」

それもそうだと、好太郎は気持を切り替える。宗田医師ならきっと患者を見捨てるようなことは言わないだろう。彼はスマートフォンの画面に言った。

「裕次郎。宗田先生のことは前に話しただろう。俺もおまえも素人なんだから、専門家の意見を聞いてみよう。それで方針を決めたらいいだろう」

「わかった」

形勢は有利に転じたと感じたが、弟の素直な返答に好太郎は一抹の不安を感じた。

38

好太郎は宗田医師に連絡を取り、先日の講演会の礼を兼ねて、クリニックを訪ねたいと申し入れた。父のことで相談もあるのでと付け加えると、午後の休診時間に会ってくれることになった。

横浜にある宗田クリニックは、淡いベージュとグリーンに塗り分けられた瀟洒(しょうしゃ)な平屋建てだった。車を駐車場に停めて中へ入る。待合室も診察室もパステルカラーの優し気な雰囲気だ。

「先日はマンションでの講演、ありがとうございました」

好太郎は診察室の肘掛け椅子に座って頭を下げた。

宗田医師はふだんから白衣を着ないらしく、スラックスにゆったりしたセーター姿で好太郎を迎えた。

「その後、お父さまはいかがですか」

「尿閉になって血液検査をしたら、PSAが九〇を超えていて、前立腺がんの可能性が高いと言われたんです。それで治療すべきかこのままようすを見るべきか、家族で意見が分かれていまして、宗田先生にご意見をうかがえないかと」

宗田医師はそれだけで状況をほぼ理解したようだった。

好太郎が続ける。

「私はきちんと検査を受けて、できるかぎりの治療をしてもらいたいと思っているんです。多少はつらい目に遭うかもしれませんが、病気を治すためなら我慢すべきでしょう。なのに大阪にいる弟は、このままようすを見るのがいいんじゃないかと言って」

公平に伝えるつもりだったが、どうしても自分の意見を強く言ってしまう。宗田医師は好太郎と裕次郎、さらにそれぞれの妻の言い分を聞いて、「困りましたね」と、洋風と和風の注文が同時に来た建築士のように複雑な顔を見せた。

しばし黙考してから、おもむろに話しだす。

「あくまで個人的な意見ですが、方針はお父さまにとっていちばんいいものにすべきだと思います。まずは、お父さまの希望を優先することですね。お父さまは病気を治してほしいと望んでおられるのでしょうか。それなら検査や治療を受けるべきです。ただし、検査にはつらいものもあることや、転移が見つかったりすれば、治療しても治らない可能性があることをあらかじめ説明しておかなければなりません」

「説明して、父は理解するでしょうか」

「むずかしいかもしれませんね」

好太郎は小堀が前立腺がんの疑いを口にしたとき、茂一が反応を示さなかったことを説明した。

「たぶん、がんの意味もわかっていないでしょうし、病気を治してほしいとも、ほしくないとも言わないと思います」

「でしたら、ご家族の気持を優先されたらいいですよ。でも、ご兄弟で意見が分かれているんですね」

好太郎はうなずいてから、裕次郎をひどい息子だとこき下ろした。

「だって、今ならまだ間に合うかもしれないのに、早々に治療をあきらめるなんて、息子として薄情だと思いませんか」

勢い込んで聞くと、宗田医師はかすかに唸り、困ったような顔で答えた。

「すみません。私にはそうは思えないんです。むしろ、弟さんはいい息子さんのような気がしますが」

「どうしてです」

意外な返答に、好太郎は不満と疑念の表情になった。

「率直に申し上げて、弟さんのほうがお父さまの立場になって考えているように思えるんです。矢部さんはご自身の気持を優先していませんか。つまり、こんな言い方は失礼かもしれませんが、がんを治したいと思っているのは、お父さまではなく、矢部さんではないのかと」

「それはそうかもしれませんが……」

そう答えて、好太郎ははっと気づいた。父は重度の認知症で、生きたいとか死にたくないという気持はおそらく感じていないだろう。あるのはただ、いやなことをされたくないという気持だけだ。それなら裕次郎の言う通り、無理につらい検査や治療は受けさせるべきではないのか。

好太郎が眉間に深い皺を寄せて黙り込むと、宗田医師がなだめるように付け加えた。

「矢部さんが治療を受けさせたいとおっしゃるのでしたら、もちろん止めはしません。治療すればがんが完治する可能性もありますからね。ただし、それがお父さまのためだと思い込むのはよくありません。そう思ってしまうと、ブレーキが利かなくなりますから。いわゆる悲惨な延命治療に突き進むパターンです。本人はもう治療をやめてほしいと思っているのに、家族が精いっぱいの治療を求め、それが本人のためだと思い込んでいるから止められないんです。実は自分の気持だと気づけば、無理を押し通そうとはしないでしょう」

「自分の気持……。つまり、私のエゴだと?」

「申し上げにくいことですが、まあそうですね」

自分は己のエゴで父を苦しめようとしているのか。死んでほしくないという気持は、父のためを思ってのことだと考えていたが、それは自分の感情にすぎないのか。認めたくないことだが、否定するのもむずかしい。

「わかりました。もう一度、弟や妻たちとよく相談してみます。ありがとうございました」

好太郎は打ちひしがれた気分で、宗田医師のクリニックを後にした。

帰りの車の中で好太郎はハンドルを握りながら、ほとんど放心状態だった。がんの可能性は高いけれど、このままようすを見るのがもっとも楽なのは確かだ。けれど、それならがんはどうする。死が日一日と近づいてくるのを、手をこまねいて見ているのか。

帰宅して介護部屋に行くと、茂一がベッドの背もたれを上げて、ぼんやり壁を眺めていた。

「ただいま」

声をかけても返事はない。しかし、ここにいるのがいちばんという顔をしている。病院にいたときの不安と緊張に強ばった表情とは大ちがいだ。

「父さん。このまま家にいる？　病院に行くのはやめて」

やはり返事はないが、チラとだけ横目で好太郎を見た。

どうなるかわからないけれど、父のためを考えれば、家で療養を続けるのも悪くないのかもしれない。そう思った瞬間、見えない時計が、死へのカウントダウンを開始したように感じ、好太郎は悲愴な思いに胸を衝かれた。

39

　その晩、ふたたび好太郎は裕次郎夫婦にＬＩＮＥのビデオ通話をつないだ。宗田医師との面会内容は詳しく説明せず、ただ、父のいやがることはしないほうがいいという結論だったとだけ伝えた。泉にも先に同じ話をしている。

　治療をしないでおくという決断は、好太郎にとっては思った以上につらかったが、それでも石を呑み込むような気持で決心をつけた。

「ありがとう、兄さん。父さんもきっと喜ぶよ。僕も嬉しい」

「お義兄さん。あたしもそれがいいと思います」

　裕次郎夫婦がいつになくしんみりした調子で言うので、好太郎もなんとか自分を納得させることができそうだった。

　がんの治療はしなくても、導尿カテーテルのケアは必要なので、宗田医師が品川区で訪問診療をしている医師を紹介してくれた。大井町で開業している森村という泌尿器科医で、宗田医師と年齢も考えも近いとのことだった。

　翌週の月曜日、さっそく森村医師が看護師とともに茂一を訪ねてくれた。森村は目と目の間が狭く、耳の大きいいわゆる猿顔で、小柄な身体に膝まである白衣を羽織っていた。

「宗田先生から話は聞いています。導尿カテーテルの交換も、できるだけ回数を減らすようにしますからご安心ください」

口ぶりは気さくそうで、これならいろいろ相談に乗ってもらえそうだった。診察も茂一のようすを見ながら手早く行い、抵抗しそうな素振りがあると無理はしなかった。

診察が終わったあと、今後のことを相談したいのでと、森村はゆっくり話せる場所を求めた。好太郎はリビングに案内し、泉とともに向き合った。

タブレットの電子カルテを操作しながら、森村医師は落ち着いた声で説明した。

「PSAがかなり高いようですが、前立腺がんは必ずしも悪性度が強いわけではありませんから、積極的な治療をしないのも選択肢としては悪くないでしょう。進行の遅いタイプもありますし、前立腺がんを持ちながら天寿をまっとうされる患者さんも、少なくありませんので」

それを聞いて、好太郎は少しは悲愴な思いから救われる気がした。

「しかし、がんですから、やはり最悪のことも考えておく必要があります」

「と言いますと?」

「たとえば骨に転移すると、痛みが強くなることもあります。その場合は医療用の麻薬を使えば痛みを抑えられます」

麻薬と聞いて、好太郎は不安を募らせた。森村医師はその反応を予期していたように、慣れた口調で続ける。

「麻薬を怖がる人もいますが、医療用の麻薬は安全です。状況を考えれば、中毒を心配することは意味がありません。がんの患者さんで、モルヒネを使ったらすぐに亡くなったという話を聞いて不安に思う人もいますが、それは亡くなるぎりぎりまで麻薬を使わずに我慢しているケースです。もともと亡くなる直前なので、タイミング的に麻薬で亡くなったように見えますが、決してそんなことはありません」

「モルヒネには呼吸抑制の副作用があると、聞いたことがあるんですが」

泉が遠慮がちに言うと、森村医師は感心するように応えた。

「よくご存じですね。たしかにモルヒネを使いすぎると呼吸中枢が抑制されます。ですが、そこまで使わなくても痛みはコントロールできます。ほかにも吐き気や便秘の副作用もありますが、吐き気止めや下剤で対応できますからご心配なく」

続いて、森村医師は声の調子を改め、「さらにもう少し先の話になりますが」と続けた。

「がんが進行した場合、肺や肝臓に転移して、状況が悪化することも考えられます。そのときどうされるのか。病院に運ぶのか、ご自宅で看取るのか」

看取るという言葉に、好太郎は背筋に冷水を垂らされたように感じた。泉も同じらしく、期せずして互いに顔を見合わせる。森村医師が取り繕うように言葉を足した。

「いや、まだ先のことだと思いますよ。だけど、こういうことは状況が悪化してからでは冷静に判断しにくいのです。もちろん、気持が変われば随時、対応いたします。取りあえずの今のお考えをうかがっておけば、こちらもそのつもりでやりますので」

「そうですね。父のことを考えれば、病院に入れるより最期までここで看てやりたいと思います。それでいいよな」

好太郎は泉に同意を求めた。不安をのぞかせつつ泉もうなずく。

「わかりました。それでは基本的には無理な延命治療はせず、天寿をまっとうされるのをご自宅で見守るということでよろしいですね。不安や心配なことがあれば、いつでもご連絡ください。必要でしたら私か看護師が駆けつけますから」

そう言って、森村医師はクリニックの緊急連絡先と、自分のケータイ番号を書いた紙を渡して引き上げて行った。

医師と看護師を送り出してから、好太郎はダイニングで泉と向き合った。

「これで方針は決まったな。父さんはがんだけど、治療せずに穏やかに見守る。そうと決めたら、少し落ち着いたよ。治るかどうか心配したり、検査の結果に一喜一憂したりしなくてすむからな。君にも世話をかけるけど、父さんが残りの人生を気持よくすごせるよう、よろしく頼みます」

好太郎が神妙な顔で頭を下げると、泉は「はいはい」と答えて小さく肩をそびやかした。

40

その週の土曜日、裕次郎が家族とともに好太郎宅に茂一の見舞いに来た。

「こんにちは。久しぶり」

好太郎と泉が出迎えると、狭い玄関が一気に賑やかになった。裕次郎と朋子の後ろには、高二の裕志と中三の朋香が控えている。一家は一泊の予定で、夜は品川プリンスホテルに泊まり、翌日は東京スカイツリーや浅草を見物して帰るという。

「さあ、遠慮せずにどうぞ」

泉は朋子とウマが合うので気さくに迎え入れ、二人の子どもたちもはにかみながら奥へ通った。

「まず、お祖父ちゃんに挨拶したら」

好太郎が勧めると、裕志と朋香は裕次郎といっしょに介護部屋に入った。朋子は「あたしはあとで」と、泉とともにリビングに向かう。

「父さん。裕次郎たちが来てくれたよ」

茂一はベッドの背もたれを立ててもたれ、ふいに現れた見舞客に驚いたように目をパチクリさせた。

「父さん、ご無沙汰。兄さんのマンションに来られてよかったね。今日は家族全員で父さんの顔を見に来たよ。うちの子どもたち、大きくなっただろ」

裕次郎が息子と娘を前に押し出す。

「裕志君たちがお祖父ちゃんに会うのは、何年ぶりかな」

「二年ぶりだよ。父さんが施設に入ったちょっとあとだから」

裕志に代わって裕次郎が好太郎に答える。

「お祖父ちゃん、こんにちは。裕志です。元気にしてましたか」

裕志が照れくさそうに挨拶をすると、茂一はウンウンとうなずく。

続いて明るい性格らしい朋香が、裕志の前に出て屈託のない声で訊ねた。

「お祖父ちゃん。あたしのこと覚えてる？　名前わかる？」

「ウッ、ウ」

茂一が困惑の表情で唸った。好太郎がすかさず朋香に言う。

「そういう聞き方はよくないんだ。高齢になると、わかっていても答えられないことがあるからね。自分のほうから、朋香だよ、覚えてるでしょって言ったら、お祖父ちゃんも喜ぶよ」

「そうなんや。お祖父ちゃん、朋香やで。イエーイ」

笑顔でVサインを送ると、茂一も両手でVサインを作って見せた。

「わかってるじゃないか。やっぱり孫パワーが効くみたいだな」

好太郎が感心すると、裕次郎も嬉しそうに口元を緩めた。

孫たちはすぐに話すこともなくなり、「またあとで」と、泉たちのいるリビングへ出て行った。入れ替わりに朋子が入ってくる。

「お義父さん。ご無沙汰してます。裕次郎さんの嫁の朋子です」

看護師の彼女は、さすがに高齢者の対応に慣れているらしく、自然に茂一に手を伸ばした。茂一も素直に握手をする。その動きだけを見ていると、まったくふつうの応対に見える。

「今晩はお義姉さんといっしょにおいしいお料理を作りますから、楽しみにしていてくださいね」

会釈して、笑顔でリビングにもどる。

「父さんはどれくらいわかってるのかな」

「さあな。孫はまだしも、朋子さんは新しいヘルパーくらいに思ってるんじゃないか」

好太郎に言われ、裕次郎は再度、確かめるように茂一に近づく。

「父さん。わかりますか。僕です。裕次郎ですよ」

「ユージロー。アハハハハ」

茂一が口籠もりながら言って笑った。好太郎の顔色が変わる。

「父さん。今、何て言った。裕次郎の名前を言ったのか。じゃあ、僕もわかるだろ。好太郎だよ、好太郎」

「ウー」

「ウじゃなくてコ。コ、コ、コ、コウタロウ。わかるだろ。いつも世話をしてるんだから」

「ウー」

舌打ちして前のめりになりかけた好太郎を、裕次郎が止める。

「兄さん。無理をしないほうがいいんじゃないか」

前に同じような状況で茂一が吐いたことを思い出し、好太郎は自分を抑える。ひとつ深呼吸して余裕を取り繕い、裕次郎に折り畳みの椅子を勧めた。自分は茂一用のソファに座り、鷹揚に脚を組んだ。

「前にも言ったと思うけど、認知症の介護の基本は相手に対する感謝と敬意なんだ。それさえあれば、少々手がかかっても苛立つことはない。で、感謝の実感をより高めるためには、いい記憶を呼び起こすことが有効なんだ。だからおまえが来たら、いっしょに父さんに世話になったことを思い出そうと思ってな」

「そうなんだ？　でも、父さんの思い出より前に、僕は兄さんに感謝してるよ。父さんを引き取ってくれて、ほんとにありがたいと思ってる」

「俺への感謝はいいよ。それより父さんの思い出。小さいときから俺たち兄弟をかわいがってくれただろ」

「ああ。よく映画に連れていってくれたよな」

「そうそう。『E.T.』とか『ゴーストバスターズ』とか観たよな。はじまる前にジンジャーエールを飲ませてくれた」

好太郎たちがまだ小学校の低学年のころ、ジンジャーエールは大人の飲み物のようで印象的だった。

「自転車の散歩もよく行ったね」

「ああ。父さんはスポーツが苦手だったから、あれが唯一の運動みたいなものだったな」

「スポーツが苦手というより運動嫌いだね。だけど、一度こんなことがあったよ。僕が家の前のアスファルトでバスケのドリブルを練習してたら、何を思ったのか、父さんが出てきてマンツーマンをやったんだ」

裕次郎は中学高校とバスケットボール部に入っていて、運動が得意だった。好太郎は茂一と同様スポーツが苦手で、父親とキャッチボールもしたことがない。だから、スポーツの用語にも詳しくない。

「マンツーマンって何だよ」

「一対一でするボールの奪い合いさ。僕が中三のときで、当然、父さんは僕のフェイントについてこられなかった。だけど、必死で追いかけるんだよ。運動嫌いの父さんが何でだろうって不思議に思った」

「へえ……」

好太郎にそんな思い出はない。状況を挽回しようと、裕次郎に念を押すように聞いた。

「父さんは数学の教師だったのに、俺たちの数学は滅多に見てくれなかったよな」

「そうだね」

「だけど、俺は浪人したとき、模擬試験の数学の問題を教えてもらってさ。そこからぐんと成績が上がったんだ。物理も同じ要領だと聞いて、おかげで偏差値がかなり上がった」

「そうなんだ？」

この経験は裕次郎にはないらしい。好太郎は気分をよくして付け加える。

「俺が大学に合格したときも、よっぽど嬉しかったんだろうな。両手を握って喜んでくれたからな」

「僕のときもそうだよ。合格祝いに万年筆をプレゼントしてくれてさ。将来、これで契約書にサインするような人間になれってね」

好太郎はもらっていない。茂一は兄弟を分け隔てなく育ててくれたはずだが、微妙なところで裕次郎のほうをかわいがっていたのか。くだらない嫉妬だと思うが、気分がモヤモヤする。

「おまえはさ、反抗期はなかったのか。俺は高校のころ、父さんのすることなすことが気に入らないときがあったけどな」

「僕はあんまり記憶がないな」

「父さんがテレビのお笑いを見て、バカ笑いしてるのはいやじゃなかったか」

「別に」

「父さんは歯槽膿漏(しそうのうろう)だったから、くしゃみがたまらなく臭かっただろ」

「そうだっけ」

「父さんが風呂に入ったあと、湯船に抜け毛が浮いていてうんざりしなかったか」

「よく覚えてるな。僕はそんなの気にしたことなかったよ」

裕次郎はあっけらかんと答え、茂一に問いかける。

「父さんは覚えてるの？　今なら風呂に入っても髪の毛は浮かばないよな。抜ける毛がないもんね。ハハハ」

裕次郎が冗談っぽく言うと、茂一も「エヘヘ」と笑いを洩らす。まるで意思の疎通ができているみたいだ。好太郎は焦りを感じるが、これまでできなかったものが急にできるわけはないと、自分をなだめた。

「父さんは俺が結婚したあと、つぶやくように言ったんだ。俺は父親の役割を果たせたかどうか自信がなかったとね。父さんは父親を早くに亡くしていて、見習う相手がいなかったからだろうな」

「僕が結婚したときにはそんなことは言わなかったよ。兄さんがうまく育ったから、きっと父さんも自信を持ったんじゃないか」

そう言われると悪い気はしなかった。

「そろそろ向こうへ行こうか。父さんもあんまり長くいると疲れるだろうから」

好太郎は落ち着きを取りもどして、裕次郎をリビングに誘った。

41

午後六時過ぎ、予備校に行っていた千恵が帰ってきて、二つの家族が全員揃った。

好太郎はダイニングテーブルに自分の仕事机をくっつけて、テーブルクロスを掛け、食器を並べた。卓上花も飾ってちょっとしたパーティ会場にしつらえる。

「今夜のメインはローストチキンよ。大きめの鶏に詰め物をしてオーブンで焼き上げたから、皮はこんがり、中は肉汁たっぷりの本格派よ」

泉が大皿に載せたローストチキンを運んできた。香ばしい香りが広がり、裕志が「うまそー」と歓声を上げる。

「ほかにサラダとピラフとミネストローネ。食べ盛りの子どもたちには鶏の唐揚げも。それに朋子さん手作りのエビ焼売もあります」

「おいしいかどうかわかりませんよ」

朋子がセイロで蒸した焼売を持ってきて、ローストチキンの横に置いた。ナイフとフォーク、コップやワイングラスがテーブルを華やかにしている。

「じゃあ、お義父さんを呼んできてよ」

「了解」

好太郎が身軽に介護部屋に迎えに行く。茂一は楽しい雰囲気がわかるのか、いつになく笑顔でダイニングに現れた。

「お義父さん。どうぞこちらへ」

朋子が茂一を奥のお誕生日席に案内する。デイサービスのときとちがって、茂一は素直に勧められた席に座った。

「ではでは、乾杯といきますか。今夜のために用意したシャンパンを抜くからね」

好太郎がワイヤーを緩め、慎重にコルクを押し上げると、ポンッと高い音が響き、コルクが天井まで飛んだ。

「オホッ」

茂一が驚きと喜びの混じったような声を上げる。全員が手を叩き、好太郎はそれぞれのグラスに黄金色の液体を注いだ。子どもたちはジンジャーエールで、茂一にはどうしようかと迷ったが、せっかくなので少しだけシャンパンを入れた。

「それでは、父さんの快適な生活を祝して、乾杯！」

高らかに発すると、みんなが唱和してグラスを掲げた。茂一もグラスに手を伸ばして、一口飲む。

「あ、父さんもわかってるんだ」

好太郎が喜ぶのとほぼ同時に、茂一は「ブホッ」とむせて、グラスを落としそうになった。横に座った泉が素早く反応して、グラスを受け取る。さらに、ナプキンで茂一の口元を拭う。

「すごい早業。さすがはお義姉さん」

朋子が感心すると、裕次郎も「反射神経、抜群ですね」とほめた。

「ま、あれくらいはふつうさ。常に心の準備はしているからな」

好太郎が自分の手柄のように解説する。

そのあと、茂一はほとんど料理に手をつけなかったが、取りあえずようすを見ることにして、若い者だけでサラダや焼売の皿をやり取りした。

食事はなごやかに進み、いよいよメインディッシュの取り分けとなった。

「じゃあ、チキンを切り分けるぞ。もも肉は俺と裕次郎でいいな」

好太郎が立ち上がり、大皿に添えたナイフとフォークで大胆に鶏の中央に切れ目を入れた。中からもち米と人参、セロリと玉ねぎの詰め物が皿に広がる。ももを付け根から切り落とし、柔らかそうなところを茂一の皿に取り分けてから、自分と裕次郎の皿に入れた。残りは適当に切って、泉たちの皿に分配する。

「父さんには僕が食べさせるよ」

裕次郎が立って、茂一の世話を買って出た。

「おまえ、大丈夫か。食事介助は簡単じゃないんだぞ」

好太郎が先輩風を吹かせて、まずはお手並み拝見とばかりに椅子にふんぞり返る。裕次郎は茂一の横に立ち、肉片をフォークに刺して口元に運ぶが、茂一は口を開かない。

「どうしたの、父さん。兄さんが柔らかいところを選んでくれたんだよ」

茂一は裕次郎をじっと見つめ、「ウロロロ」と低く唸る。

「いいにおいだろ。ほら、口を開けてよ」

口元でフォークを動かすが、食べようとしない。

「な、うまくいかないだろ」

好太郎が半ばしてやったりの調子で言い、仕方がないというふうにナプキンをテーブルに置いて立ち上がった。

「選手交代だ。食事介助にはコツがあるんだから」

裕次郎を押しのけるように場所を代わり、フォークではなく箸で肉片をつまむ。

「父さん。さあ、いつもみたいに食べてみようか。ローストチキン。これがうまいんだ」

舌なめずりするような音を出す。

「ウロロロ」

「いや、ウロロロロじゃなくて、ローストチキン。皮がパリパリで肉汁たっぷりの本格派だって、泉の手作りだよ」

「ガルル」

「ふざけないで食べてくれよ。いや、ここで怒っちゃいけないんだ。あくまで相手のペースで優しく勧めるのがコツでね」

弁解するように言いながら、好太郎は笑顔を引きつらせる。箸をぐいと近づけると、茂一はぷいっと横を向く。そちらに箸を向けると反対を向く。もう一度、箸をまわり込ませると、茂一が短く叫んだ。

「もういい」

「あ、ふつうにしゃべった」

裕次郎が呆気にとられたように洩らす。裕志と朋香も手を止めて祖父を見ている。

「お祖父ちゃん、ときどきふつうにしゃべるんだよ」

千恵は詰め物をフォークで頬張り、咀嚼(そしやく)しながら言う。好太郎は一口でも食べさせないとメンツが立たないとばかり、箸を突きつける。すると、茂一はぐいと首をまわしてかわす。好太郎が意地になって茂一の顔を鶏肉で追いまわす。

「あなた、無理しないほうがいいんじゃない。また、もどすかもよ」

泉が言うと、朋子も「少し間を置いたほうがいいのとちがいますか」と加勢した。

「うーん。もう少しで食べるとこなんだがな」

未練がましく言いながら、好太郎は箸を引いた。

「食事はあんまり目の前に置くより、少し離したほうがええかもしれませんよ」

朋子が看護師の経験からか、別のアドバイスをする。

「いや、離したって食べないときは食べないよ」

「でも、試してみたら」

泉に言われて、好太郎は渋々チキンの皿を茂一から遠ざけた。すると、茂一はぐいと手を伸ばして、鶏肉を手づかみで口に入れた。

「あ、食べた。ママの言う通りだ」

裕志が声を上げ、朋香も小さな拍手を送る。好太郎は悔しげに顔を歪め、しばらく息を詰めてから自分の席にもどった。朋子が困った表情を向けると、泉は大丈夫というように肩をすくめて見せた。

「それはそうと、父さんは案外、元気そうじゃないか。やっぱり前立腺がんは悪性度が低いのかもな」

　裕次郎が雰囲気を変えようと、別の話題を出す。好太郎があまり機嫌のよくない声で応じる。

「おまえ、よく知ってるな」

「朋子から聞いたんだよ。前立腺がんは進行が遅いから、ゆっくり進んでるうちに寿命のほうが先に来るラテントがんというのもあるらしいよ」

「何だい、そのラテントがんって」

「ほかの病気で亡くなった人を解剖したときに見つかるがんだよ。なあ」

　裕次郎が朋子に振る。

「そうなんですよ。泌尿器科の先生に聞いたんやけど、前立腺がんはそれが多くて、日本人の場合、五十歳以上で二〇パーセント以上、八十歳以上だと約五〇パーセントの剖検例で見つかるらしいです。お義父さんの場合も、尿閉がなかったら見つかってなかったんやないですか」

　前立腺がんはそんなに多いのか。好太郎は陰嚢（いんのう）の裏あたりにモゾモゾしたものを感じる。

「でも、前立腺がんがあったから、尿閉になった可能性もあるんじゃないの」

「ゼロではないですけど、少ないと思いますよ。前立腺はミカンみたいな構造で、実に当たる内腺と、皮に当たる外腺に分かれていて、尿道は内腺の中を通ってるんです。前立腺肥大は内腺の肥大やから尿道を圧迫するけど、前立腺がんは外腺にできるので、症状は出にくいんです」

そうなのか。専門的なことを言われると納得せざるを得ない。

「訪問診療に来てくれる森村先生も、前立腺がんを持ちながら天寿をまっとうする患者も少なくないって言ってたわ」

朋子に応じて泉が言う。

好太郎は茂一には無理な延命治療はせずに、自宅で天寿をまっとうするのを見守るという森村医師の方針を、裕次郎夫婦に伝えた。

茂一を見ると、皿に取ったチキンをきれいに食べて、うつらうつらしかけている。泉がウェットティッシュで汚れた手を拭いてやった。

「お義父さん、どうする。お部屋に連れて行く?」

「まだデザートがあるだろ。父さんには俺が特製のシュガーバターのトーストを焼いてやるから、もう少し座らせとこう」

「それ、何ですのん」

朋子が聞くと、好太郎は得意げに鼻をうごめかした。

「食パンの耳を切って、四つ切りにしたトーストにたっぷりの溶かしバターと砂糖を塗ると、これが父さんのお気に入りだってことがわかったんだよ」

キッチンに行き、茂一用のデザートを焼きにかかる。泉も空いた皿を集め、シンクで軽く流してから食洗機に入れた。好太郎が茂一の前にトーストの皿を置くと、入れ替わりに朋子が立ち、手土産に持ってきたロールケーキを皿に小分けして運んできた。カウンター越しに泉のいれたコーヒーがいい香りを漂わせる。

デザートの用意が整うと、子どもたちは皿を持ってリビングに移動した。それぞれにスマートフォンをいじりだす。茂一は座ったまま居眠りをしている。

好太郎がふと不安になって朋子に訊ねた。

「前立腺がんって、遺伝するのかな」

「それはないみたいですよ。けど、八十歳まで生きたら二人に一人はなるんやから、遺伝しなくてもなる可能性は高いんとちがいますか」

女には前立腺がないと思って、気楽なことを言う。意趣返しに卵巣がんのことを聞いてやろうかと思ったが、大人げないのでそれは抑えた。

泉がトレイで大人たちにコーヒーを配りながら言った。

「わたし、お義父さんを引き取ってから、有吉佐和子の『恍惚の人』を読んでみたの。もう四十五年以上前の小説なんだけど、これがリアルでね。認知症の舅を世話するお嫁さんが主人公だから、感情移入しちゃって、とてもフィクションとは思えなかったわ」

「あたしも読みました。認知症になるおじいちゃんの名前、たしか茂造ですよね。お義父さんと一字ちがいでかぶってますやん」

朋子が言うと、「そうなのよ」と泉も盛り上がる。

「それで恐ろしいのが、主人公の昭子が認知症の遺伝の可能性に思い当たるところなのよ。もし遺伝するんだったら、夫も同じようになるかもしれないでしょう。舅の介護で苦労した上に、年老いてから夫まで認知症になったらたまらないって思うの」

「ありましたね。けど、それはお義姉さんとあたしには、他人事やないのとちゃいます?」

「おいおい、縁起でもないこと言うなよ」

好太郎が言うと、裕次郎も「君が専門的なことを言うと、冗談にならないんだから」と、朋子をたしなめた。

「でも、認知症ってほんとに遺伝しないの?」

「認知症全体に証明されてるわけやないですけど、アルツハイマー型の一部には遺伝の要素があると言われてます。ほかに喫煙とか高血圧、ストレスももちろん危険因子です。それから、中高年では難聴があると認知症のリスクが上がるみたいです」

「あなた、聞こえた?」

「何だって」

好太郎が聞き返すと、泉の顔が冗談でなく強ばる。

「朋子さん。この人、最近、耳が遠くなってきたみたいなの。テレビの音も大きくするし、心配だわ」

「何の話さ。今、ちょっとほかのことを考えてたから、聞き逃しただけじゃないか」

「難聴があると認知症のリスクが上がるのよ」

「君は本気で俺の認知症を心配してるのか」

「そりゃそうよ。あなたはお義父さんのDNAを引き継いでるんだもの」

会話に雑談以上の調子がまじりだしたので、好太郎はだんだん腹が立ってきた。泉がなおも言う。

「それにあなた、いつも言ってるじゃない。心の準備が大事なんだって」

「それは介護の話だろ。ははぁん、わかった。君は俺の病気よりも、自分が介護をしないといけないことを心配してるんだな」

「何もそんなこと言ってないじゃない」

「じゃあ、俺が認知症になっても、ちゃんと介護してくれるんだな」

「するわよ」

「宗田先生が言ってるみたいに、認知症を治そうとしたり、これ以上悪くならないでほしいと思ったりしないんだな」

好太郎は軽い恫喝モードになる。しかし、泉も負けていない。

「どうしてよ。治したいと思うに決まってるじゃない。そのままでいいなんて思えるわけないでしょ」

「それが認知症の介護を失敗させるんだって言ってるだろ」

「よくなってほしいと思うのは当然でしょ。せめて今の生活が続けられますようにって、祈るような気持で願うのがどうしていけないのよ」

「病気の否定が本人を否定することになるからだよ。前に言ったじゃないか。わかってないな」

売り言葉に買い言葉で、口ぶりがどんどん険悪になる。見かねた裕次郎が両者を分けるように両手を広げた。

「二人ともちょっと落ち着いて。そもそもは兄さんが認知症になるかどうかだろ。それはまだわからないし、僕だってリスクは同じだよ」

「そうですよ。まだどうなるかわからへんのやから、あんまり興奮しはらへんほうが」

朋子もきっかけを作った責任を感じてか、遠慮がちになだめる。

「そうね。ごめんなさい。わたしも知らないうちに介護疲れが溜まってるのかも」

泉が先に冷静さを取りもどす。好太郎はロールケーキを大きく切って頬張り、コーヒーで流し込む。朋子が好太郎に歩み寄るように言った。

「たしかに、家族が認知症を否定していると、介護はギスギスしたものになりやすいんです。本人も余計なプレッシャーを感じますから」

「だろ。俺はそれを言ってんだよ」

好太郎はやや機嫌を直しながらも、なお強い調子で言い放つ。「認知症の人は悪気があって困ることをするんじゃないんだ。それなのに頭ごなしに怒られるから、無意識の復讐みたいになって周辺症状を悪化させるんだよ」

「フン。医者でもないくせに、どうしてそんなことが言えるのよ」

泉が鼻で嗤うようにそっぽを向く。

「宗田先生が言ってるんだよ」

「あなた、認知症にはまだわからないことがいっぱいあるって言ってたじゃない。だったら、宗田先生だってまちがってるかもしれないでしょ」

「まあまあ、兄さん。宗田先生は専門家でベテランだから信用できるのさ。君は不信感を持ちすぎだよ」

「まあまあ、兄さん。義姉さんには父さんが世話になってるんだから、あんまりカッカしないでよ。義姉さん、ごめんね。兄さんはいつもこうなの?」

「いつもってわけじゃないけど、ときどきね」

「申し訳ない。僕らが何もできないから、兄さん夫婦にばっかり負担を押しつけて。この通りだよ。だから、仲良くしてよ」

裕次郎がテーブルに両手をついて頭を下げた。朋子も殊勝にうなずいている。父親が泉に世話になっていることを言われると、好太郎も強く出られない。

ふと見ると、茂一が目を開けて、不思議そうにあたりを見まわしていた。

「父さん。目が覚めたのか」

みんなの注目が集まると、茂一は「ウハハハ」といつもの笑い声を上げ、バネ仕掛け並みの素早さで目の前のシュガーバターのトーストを一切れ手づかみで食べた。

「あ、また嚙まずに飲み込む」

好太郎が腰を浮かすが、茂一はすでに嚥下(えんげ)を終え、満足そうに舌なめずりをする。好太郎が腰をおろしてつぶやく。

「まあ、父さんの機嫌がよければいいか」

「兄さんの作ったトースト、おいしいかい」

裕次郎が聞くと、茂一は何か答えそうに見せて、そのまま首を垂れてまた居眠りをはじめた。

「あなた。今度こそお義父さん寝そうよ。介護部屋に連れていってあげたら」

「わかった」

「じゃあ僕も」と裕次郎も立ち、二人で両脇を抱えるように茂一をベッドまで運んだ。

息子二人に支えられ、茂一の表情は心なしか安心しているように見えた。

42

数日後、好太郎が外出からもどってエレベーターに乗り込むと、扉が閉まりかけたときにだれかが駆け寄ってきた。気を利かせて「開」のボタンを押すと、入ってきたのは小野田だった。

先に乗っていたのが好太郎だと気づくと、小野田は礼も言わずに目を逸らした。彼とは相変わらず冷戦状態が続いている。しかし、隣人でもあるし、いつまでも無視するのも大人げないので、好太郎はなんとかふつうの関係にもどりたいと思っていた。

エレベーターが上昇しはじめたとき、小野田が咳払いをして、チラと視線をこちらに向けたので、好太郎は笑みを浮かべて軽く会釈した。相手が応じれば、気さくに声をかけるつもりだった。ところが小野田はそれを無視して、仏頂面のまま視線をもどした。

失礼な。

好太郎は顔が紅潮するのがわかるくらい、ムカッ腹を立てた。

八階に着くと、小野田は好太郎を無視したまま、そそくさと突き当たりの部屋に向かって行った。

部屋にもどるなり、好太郎は泉に怒りをぶちまけた。

「今、小野田のヤツとエレベーターでいっしょになったんだけど、こっちが会釈してるのにシカトしやがったんだぜ」

「礼儀知らずね。大人じゃないわ」

「そうだよ。社会人失格、いや、人間失格だ」

自分が歩み寄ろうとしたのにそれを蔑ろにされて、腹の虫がおさまらなかった。

また別の日。

玄関の新聞受けに朝刊を取りにいこうとすると、扉の向こうで近づいてきた足音がふいに止まった。この時間に前を通るのは小野田しかいない。朝っぱらから何の用だと思ったが、インターホンの鳴る気配はなかった。ドアスコープからそっとのぞくと、小野田が扉の前でにおいを嗅ぐ仕草をしていた。

「何、してるんですか」

いきなり扉を開けると、小野田がうろたえながら、「いえ、別に」と後ずさりした。

「別にってことはないでしょう。ひとの家のにおいを嗅ぐなんて失礼でしょ」

「そ、そんなことしてません」

「してたじゃないですか。ドアスコープから見てましたよ」

動かぬ証拠とばかりに言うと、小野田は口籠もりながら反撃に転じた。

「矢部さんは、部屋の前を通る人間を、ドアスコープで、か、監視してるんですか」

「監視なんかしてませんよ。新聞を取りにいこうとしたら、扉の向こうで足音が止まったんで見ただけです。それよりどういうわけで、うちのにおいなんか嗅ぐんです」

強硬に問い詰めると、小野田は観念したのか不貞腐れた声で答えた。

「前に尿臭がしてたんですよ。だから、においが広がったらいやだなと思って」

その言葉に好太郎はキレた。

「うちから尿臭だって？　言いがかりもいい加減にしろ。ちょっとこっちへ入れ」

小野田の腕を引っ張ると、「何するんですか。やめてください。仕事に遅れるじゃないですか」と、逃げ腰になった。

「いいから来い。自分の目で確かめろ」

強引に玄関に引き入れ、靴を脱がすのももどかしく廊下に上げた。

「どうしたの」

泉が驚いて出てくる。

「うちから尿臭がしたって言うんだ。だから、あり得ないという証拠を見せてやるんだ」

介護部屋に連れて行き、ベッドにいる茂一の掛け布団をはぐった。

「どうです。親父は導尿のカテーテルを入れてるんです。オシッコはこの管を通って尿バッグに溜まるから、いっさい外には洩れないんだ。おしめが濡れることもない。このどこから尿臭がすると言うんです」

　小野田は「あわわわ」と、意味不明の声を洩らし、首をつままれた猫のようにおとなしくなった。しばらくそうしていたが、よく考えれば別に大したことではないと思ったのか、態勢を立て直して不承不承、頭を下げた。

「わかりました。今回は私の勘ちがいだったようです。謝ります。申し訳ありませんでしたっ」

　まったく心のこもらない謝罪だった。五秒ほど頭を下げると、ふいに顔を上げ、「仕事がありますので」と踵（きびす）を返した。

「何だ、あれ」

　小野田が出て行ったあとで見ると、茂一が久しぶりに体温計をクルクルとまわしていた。

　その日の午後、またとなりの恵理那が遊びに来た。

「おじいさん、元気にしてる？」

「おう、恵理那ちゃん。今日も勉強の息抜きかい」

　好太郎は小野田は気にくわないが、娘の恵理那に悪い印象はない。

「あたし、今度、劇団の児童部で上級クラスに上がったの。それで、おじいさんに演技を見てもらおうと思って」

恵理那は慣れた足取りで介護部屋に向かった。

「おじいちゃんにわかるかな」

好太郎もあとに続く。平日の午後だから、恵理那が遊びに来ていても小野田に知られる心配はないだろう。泉も外出しているから、こちらもうるさく言われない。

「おじいさん、こんにちは。恵理那だよ」

「ホッ」

茂一は名前は忘れたようだが、顔に見覚えがあるのか、親しみのある目で恵理那を見た。

「恵理那ちゃんは劇団に入ってるらしいよ。今度、上級クラスに上がったんだって。それで父さんに演技を見てほしいんだって」

劇団名を聞くと、テレビドラマなどで見たことのある俳優も所属する有名なところだった。

「この前、驚きの演技を練習したの。見てくれる？　最初は単純なびっくりよ」

恵理那は軽く呼吸を整えてから、「エエッ」と目と口を開き、弾かれたように身体をのけぞらせた。茂一もビクッと肩をすくめる。

「次はいいことがあったときの驚き」

短く息を止め、急に笑顔になって「うわっ、ほんと？　ヤッター」と拳を突き上げる。

「ホホッ」

茂一も声を洩らす。

「次は悲しいことの驚きね……。え、えぇっ、どうしてぇ」

八の字に眉を寄せ、悲しそうに瞳を揺らす。

「うまいね。驚き方にもいろいろあるんだ」

好太郎が感心すると、恵理那は得意げな表情を浮かべた。

「涙だって出せるよ」

茂一のほうを見つめ、何度か瞬きを繰り返すと、長い睫毛(まつげ)の目からポロポロと涙がこぼれおちた。

「フワァ」

茂一が恵理那の頰に手を伸ばし、手のひらで涙を受けようとする。

「あ、大丈夫。これ、演技だから」

恵理那が笑いながら指で目元を拭うと、茂一は何が起こったかわからないという顔で愛想笑いを浮かべた。

「すごいな。どうやったらそんな急に涙が出るの」

「ドラマでは役になりきるんだけど、今はお祖父ちゃんのことを思い出したの」

「恵理那ちゃんのお祖父ちゃんのことかい。もしかして、認知症なの?」

「ううん。あたしが二年生のときにがんで死んだの。矢部さんのおじいさんの服、お祖父ちゃんと同じにおいがしてた」

「そうなのか」

この前、茂一の胸元に飛び込んで吸ったのはそのにおいだったのか。思い返していると、恵理那が意外なことを言った。

「認知症は曽祖父ちゃんよ。この前、施設に入ったの」

「曽祖父ちゃんがいるの？　もうかなりのお年だろ」

「今、九十七」

「すごいね。どこの施設に入ったの」

「東大和市」

「けっこう遠いね」

聞くと父方の曽祖父で、つまりは小野田の祖父ということらしい。

話を劇団のことにもどし、学習塾のことなども聞いていると、インターホンが鳴り、玄関で応対すると、小野田の妻が娘をさがしに来た。

小野田の妻が娘をさがしに来た。小野田の妻は恐縮して頭を下げた。

「やっぱりこちらにお邪魔してたんですか。勝手に行っちゃダメって言ってるんですけど」

「別にいいですよ。親父も恵理那ちゃんが来ると楽しいみたいですから」

小野田の妻は夫のように陰険な表情ではなかった。好太郎はまだ介護部屋にいる恵理那に声をかけた。

「恵理那ちゃん。お母さんが迎えに来たよ」

「はーい。ちょっと待って」

恵理那は何やら茂一に話があるらしい。待っている間、手持無沙汰なので好太郎はお愛想のつもりで言った。

「恵理那ちゃんの曽祖父ちゃん、九十七歳なんですってね。ご長寿ですね」

「え、はあ……」

小野田の妻が気まずそうに顔を伏せた。何か差し障りでもあるのか。黙っていると、自分から弁解するように話しだした。

「実は、恵理那の曽祖父は主人が面倒を見ていたんです。もともとは主人の父が同居してたんですが、二年前にがんで亡くなったので、その前後から主人が世話をすることになったんです。世田谷区の下馬（しもうま）ですが、うちに引き取ることはできなかったので、近くにアパートを借りて住んでもらってました。高齢でしたけど、なんとか独り暮らしはできましたので」

そう言えば、小野田たちはこのマンションに来る前、世田谷区に住んでいたと聞いたことがあった。

「でも、だんだん認知症が進んで、ご近所にいろいろ迷惑をかけることが増えて、そのたびに主人は謝りに行ったり、後始末に走りまわったりしていました。でも、今年のはじめにガス漏れから爆発事故を起こしてしまい、幸いけが人は出なかったのですが、けっこうな騒ぎになったんです。主人はもう限界だと言って祖父を施設に入れました。新聞沙汰にもなったので、世田谷に居づらくなって、それでこちらに移ってきたんです」

そうだったのか。爆発事故の記事は覚えていないが、小野田が認知症に神経を尖らせるのは、そういう理由があったのだ。たしか、前にも好太郎の家がガスかＩＨかを聞いていた。

「主人は今もときどき祖父の見舞いに行ってますが、もう寝たきりで生きた屍（しかばね）みたいだって言ってます。矢部さんがお父さまを引き取って介護されているのを見て、羨ましい気持があるのかもしれません。だから、つい感情的になるみたいで」

小野田も好太郎と同じく、家で妻にあれこれ愚痴をこぼしているのだろう。

「マミィ、どうしたの」

介護部屋から出てきた恵理那が、母親の暗い表情を不安そうに見上げた。

「ううん。何でもない。さ、帰りましょう」

小野田の妻は娘の手を引き、もう一度、深いお辞儀をして帰って行った。好太郎は小野田の心情を知って、少しは気持が落ち着いた。が、同時に新たな不安も頭をもたげた。

ガス漏れから爆発事故。

それは決して他人事ではなかった。

43

ガス漏れ事故を防ぐもっとも確実な方法は、マンションの部屋からガス器具を一掃することだ。

特にキッチン。ガスコンロをIHに替えれば、危険性はぐっと低下するだろう。しかし、好太郎は介護休業を延長したので、無収入の今、できれば余計な出費は抑えたい。

次善の策はガスの元栓を閉めることだ。そうすれば、元栓とコンロの二カ所のコックをひねらなければガスは出ないから、茂一にはむずかしいだろう。だが、今度は泉や自分がコンロを使うたびに二度手間になり、煩わしいことになる。

ならば、茂一がキッチンに出入りできないようにするか。キッチンはカウンターでダイニングと仕切られているだけだから、鍵をかけることはできない。出入り口に柵をつけるしかないが、それも自分たちの出入りが不自由で、柵に鍵をかけ忘れたり、茂一が柵を乗り越えたり、柵を壊したりする恐れもある。

小野田の祖父は九十七歳だと言ってたな。

リビングのソファで腕組みをして、好太郎は恵理那の話を思い返す。

ということは、父さんよりも二十歳以上年上だ。俺もこれから二十年以上、介護をし続けなければならないのか。いや、父さんは前立腺がんなんだから、そんなに長生きはしないだろう。

ふうっと息を吐き、何となく安心する。その直後、自分自身に身震いする。

今、俺は父さんが長生きしないことに安心したのか。何という親不孝だ。父さんにはいつまでも長生きしてほしい。だが、長期の介護には自信がない。

好太郎は苦しく滑稽なジレンマに陥る。

ふと気配を感じて見ると、茂一がいつの間にかキッチンに入っていた。もしやと思って見に行くと、茂一が震える手をコンロに伸ばしている。

「父さん。何してるの」

思わず声を張り上げてしまう。異様なにおいがする。まさか、このあり得ないタイミングでガス漏れを起こしたのか。

いや、においがちがう。ガスではない。茂一の足元を見ると、腰から吊した尿バッグが空になっていた。

「オシッコの袋、どうしたの」

本来、バッグの底のキャップに収まっているはずの排尿チューブが真下に垂れている。キッチンの床にポタポタと雫の垂れた痕がある。振り向くと廊下にも同じ雫が続いていた。慌てて排尿チューブをキャップに差し込み、不安におののきながら介護部屋に行くと、案の定、絨毯(じゅうたん)に大きなシミが広がっていた。

「あぁっ」

好太郎は絶望的な声を上げ、介護用の物品棚からペーパータオルを取って、大急ぎで拭きにかかった。もわっと濃厚なにおいが立ちこめる。この前小野田が言った〝尿臭〟という言葉が脳内に乱舞する。

ペーパータオルをゴミ袋に捨て、洗面器に湯を張り、雑巾を絞ってバシバシと絨毯を叩きながら拭いた。湯を替え、叩いては絞り、絞っては叩くを繰り返した。ひざまずいて恐る恐る鼻を近づけてみる。ツンと刺すようなにおいがして、思わずのけぞる。朝からバッグに溜めた尿は、濃縮されたのか酸化したのか、通常の排尿では考えられないほど強烈なにおいを放っていた。

今度はセッケンをつけてこすり、力いっぱい叩き拭きをして、ドライヤーで乾かした。介護部屋の窓を開け、リビングとキッチンの窓も開放して、換気扇をまわす。廊下とキッチンの尿の雫も、踏まないように気をつけて拭く。茂一のズボンを着替えさせ、介護部屋に連れ帰ってベッドに座らせた。

尿バッグを持ち上げ、目の前で排尿チューブを指さして言う。

「あのね、このチューブは触っちゃだめなの。わかる? これを抜いたらバッグに溜まったオシッコがこぼれて、ビチャビチャになって、大変なことになるんだから」

声が尖っているのがわかる。それでも抑えることができない。

「あたりがオシッコだらけになったら、父さんだっていやだろ」

「フンッ」

不愉快そうな鼻息を洩らす。好太郎の苛立ちが破裂寸前になる。

「フンッて何だよ。掃除するこっちの身にもなってみろよ。父さんは自分で掃除できないだろ」

「オロロロロ」

茂一がそっぽを向いて、上顎(うわあご)で舌を転がすような声を出した。

「ふざけてんのか。いい加減にしろよ。俺が今までどんだけ苦労して世話してると思ってんだ。えっ、いくら認知症でもちょっとはわかるだろ。こっちを見ろよ」

茂一は振り向かない。眉間に皺を寄せ、低く唸っている。

その横顔をにらみつけていると、ふいにこれまでの苦労がよみがえってきた。

宗田医師の講演を聴いて、認知症介護の極意を会得したと思ったのに、少しも効果がない。まだ三カ月と少しだから、仕方がないと言えば仕方ないが、それでも疲れる。この苦労が報われる日は来るのか。父が自分のことを思い出して、施設から引き取ったことを、ほんのわずかでも嬉しいとか、ありがたいと感じてくれる日は来るのだろうか。

好太郎の胸に絶望と希望が捻じれ、嵐のように入り乱れる。

「父さん。やっぱり、施設に帰るか」

声が震えた。今までの苦労が水泡に帰す。しかし、それも致し方ないのかもしれない。せっかくここまで頑張ったのにという思いと、いつか限界が来るという恐れがせめぎ合う。

茂一はそんな好太郎には見向きもせず、目の前にあった布巾を広げ、ビーッと鼻をかんだ。

「あ、汚い。わざとやってんのか」

好太郎は布巾を取り上げ、思わず拳を振り上げる。その右手を自分の左手でつかみ、必死に衝動を抑える。

手を出したら終わりだ。父さんはわざとやってるんじゃない。認知症でわからなくてやってるんだ。父さんは悪くない。殴ったらきっと後悔する。おまえは親孝行がしたいんじゃないのか。

そう念じながら目を閉じて、なんとか気持を落ち着かせる。これは試練だ。介護の神さまがどこまで耐えられるか俺を試してるんだ。大丈夫。殴らずにすんだ。ここを乗り越えればなんとかなる。

大きく息を吐いて目を開くと、茂一は導尿の管をたぐりよせ、また尿バッグの排尿チューブに手を伸ばしていた。

「あ、この野郎!」

ちくしょう。やっぱりわざとじゃないか。カッとなって反射的に身体が動いた。

ゴンッと鈍い音がして、空気が凍りついた。しかし、とっさに殴りつけたのは、電動ベッドの鉄枠だった。拳に激痛が走り、好太郎の目に涙がにじんだ。

44

好太郎が茂一との関係に疲れ、介護の道筋を見失いかけていたとき、意外にも宗田医師から連絡があった。

「私の知人でグループホームを経営している浄土真宗の僧侶が、講演をするのでいっしょに聴きに行きませんか」

その僧侶は大阪府と兵庫県の境にある寺の住職で、大学の教授も務めているらしい。名前は浄鉄舟(じょうてっしゅう)。宗田医師が連絡してくれたのは、茂一の前立腺がんの相談に行ったとき、好太郎がかなり無理をしているように感じたからだという。

です」

「私も浄さんに影響を受けているので、参考になるかもしれませんよ。気分転換にどう

どうしようか迷ったが、せっかくの誘いなので同行することにした。それでも好太郎の気持は沈んでいた。宗田医師は、感謝と敬意の気持を持てば認知症の相手にも伝わると言ったが、現実はそう生やさしいものではない。茂一はほとんど言葉らしい言葉を発せず、何を思っているのかもわからない。認知症を治したいとか、これ以上悪くならないでほしいとかはいっさい思っていないのに、茂一は問題を起こすばかりじゃないか。自分の名前を思い出してくれる気配もない。宗田医師のアドバイスに従えば、いい介護ができると思ったのは、単なる幻想だったのか。

土曜日の午後、好太郎は横浜駅で待ち合わせて会場の西公会堂に向かった。

講演のタイトルは「認知症の介護と断・捨・離」。土曜日の午後で参加無料のせいか、六百人近く入るホールがほぼ満席になっていた。

「浄さんとは、ある認知症のシンポジウムで知り合いました。古民家を利用したグループホームを経営していることでも知られていて、全国から見学者が訪れるんです」

宗田医師は会場の後方に座り、好太郎に説明したあとおかしそうに付け足した。

「浄さんは代々僧侶の家の生まれで、名前も本名なんですよ」

演壇に登場したのは、坊主頭に黒縁眼鏡の小柄な男性だった。僧服ではなく、濃紺の

スーツ姿であるところを見ると、一般の講演者として話すつもりらしい。

自己紹介のあと、浄は優しげだが粘り気のある声で聴衆に語りかけた。

「今、巷(ちまた)では少子高齢化が取り沙汰されていますが、認知症の人の介護は、今後ますますむずかしくなると思われます」

浄は自ら経営するグループホームの話からはじめ、介護に何かを求めると、失望が生じると説明した。

「介護する相手が、ただ生きていてくれるだけでいい、そこにいてくれるだけでいいというところまで下がると、怒りも失望も湧きにくくなります。つまりは、欲望と執着を捨てることです」

断・捨・離とはそういうことかと思うが、今の好太郎にはきれい事にしか聞こえない。

浄は続けて、寺に相談に来たある女性の話を披露した。

「檀家のお嫁さんなんですが、嫁いでから姑(しゅうとめ)さんの世話を一生懸命、続けていたんです。姑さんはいい人でしたが、認知症になってしまい、ある日、食事を持って行くと、『あんた、だれや』と言われたそうです。あれだけ尽くしたのに顔を忘れられて、お嫁さんは悲しいやら悔しいやらで、お寺に相談に来られました。そこで私は言ったんです。だれやと聞かれたら、『はじめまして、セツ子です、よろしくお願いします』と言えばいいんです、それ以上は考えないようにして、と。お嫁さんは納得するようなしないような顔をしていましたが、やがて『わかりました』と言って帰りました。しばらくして、姑さんが亡くなり、お嫁さんが報告に来られました。『いろいろ大変なこともありましたが、おかげさまで義母とは最後までいい関係で過ごせました。最後に入院する前に、義母がわたしに言うたんです。「あんたには世話になったなぁ、あんたはほんまにええ人や、けど、わたしはもっとええ人を知ってるで」と。そんな人がいたのだろうか。思い当たることがないので、「それはだれですか」と聞いたら、「うちの嫁や」と』。そこでお嫁さんはボロボローッと涙を流しはりました」

好太郎も目頭が熱くなり、思わず落涙した。会場のそこここでも目元を拭う人がいる。

「認知症になっても、心は残っているんです。ただ、すべてが残っているわけではない。それを喜んでほしいとか、名前を忘れないでいてほしいとかいう自分の都合に合わせようとするから、気持が乱れるんです」

浄の言葉に、好太郎ははっと胸を衝かれる思いがした。

――自分の都合。

浄が続ける。

「介護する側が、自分の都合に囚われていると、どうしても介護がむずかしくなります。認知症という現実は、介護者の都合にまったく関わりなく進みますから。自分の都合を捨て、虚心坦懐にお世話をする。これが望ましい介護に近づく道だと、私は思っています」

　そうか、自分は己の都合に囚われていたのか。それが悩みの根源で、父への介護を窮屈にしていたのだ。

　浄僧侶の講演が終わり、会場から大きな拍手が沸き起こった。好太郎も精いっぱい手を叩いた。

「どうでした」

「よかったです。宗田先生に誘っていただいて、いいお話が聞けました。ありがとうございます」

　好太郎は興奮の表情で答えた。

　宗田医師が浄に挨拶に行くというので、遠慮しながら同行した。控え室に行くと、浄は宗田を見て喜び、互いに両手で握手をした。宗田医師に紹介してもらって、好太郎は自らの状況を説明した。父の介護で苦労していること、自分のことを思い出してほしいと思っていたこと、前立腺がんの治療についても葛藤があったことなどを話すと、浄は目を細めながらこう応じた。

「ご自分の都合に気づかれましたね」

　会場を出て宗田医師と別れたあと、好太郎は熱に浮かされたように思った。

　目からウロコとはこのことだ。自分の都合を捨てて、虚心坦懐に介護する。それは父が好んでいた仏陀の教えにも通じるだろう。まさに認知症介護の極意だ。これで茂一の介護はきっとうまくいく。

すでに暮れかけた西空を見上げながら、ふと奇妙な感覚に囚われた。

あれ？　いつか同じことを感じなかったか。それがデジャヴなのか、実際の二度目なのか、高揚した好太郎には区別がつかなかった。

45

マンション一階の郵便受けをチェックして、エレベーターホールに向かおうとすると、小野田が前を通り過ぎた。好太郎は思わず息をひそめて立ち止まる。幸い、向こうは気づかなかったようだ。同じエレベーターに乗るのはいやなので、郵便受けの前に立ったままやりすごす。

小野田が先に行った頃合いを見計らって八階に上がり、自宅にもどってから泉に愚痴った。

「今、また小野田とエレベーターでいっしょになりかけたよ」

「そりゃ同じ階に住んでるんだから、鉢合わせすることだってあるでしょう」

「まあな」

そう言いながら好太郎は頭を掻きむしる。そのようすを見て、泉がなだめるように言う。

「あなた、小野田さんのことで、ちょっとイライラしすぎなんじゃない？」

たしかに小野田にはこのところムカつきっぱなしだ。認知症に関しては小野田もつらい過去があるらしかったが、好太郎への陰険な態度は相変わらずで、茂一に対しても、問題を起こさないかと常に神経を尖らせているようだ。

「あいつ、ほんとに腹が立つんだよな。認知症に対する理解がまったくないんだから」

「でも、小野田さんはお祖父さんの後始末をきちんとしてたんでしょ」

泉には小野田の妻から聞いた話を伝えていた。

「あなたがムカついているのは、お義父さんが問題を起こしたときに、賠償とか言われるのがいやだからじゃないの」

「そりゃいやさ。だって、認知症は病気なんだから」

「だけど、被害を受けた側からすれば、補償は必要なんじゃないの」

それはそうだが、にわかには同意できない。黙り込んでいると、泉がようすをうかがうように言った。

「いろいろ言われるのがいやなのも、あなたの都合じゃない？」

浄僧侶の講演内容は泉にも話してあった。そう言われればそうかもしれない。

好太郎の気持が動きかけたのを見て取ると、泉は自分のパソコンを持ってきて、モニター画面を広げた。

「こんなの見つけたんだけど、どうかなと思って」

示されたのは、認知症の損害賠償保険だった。

『今までなかった新しい認知症のための保険』とある。月々千七百円の掛け金で、最大一千万円の補償が行われるという。

「一年間で二万ちょっと。安心料としたらまあまあじゃない」

小野田のために掛け金を払うと思うと不愉快だが、ほかの相手もカバーされるのだから、そう考えれば悪くないかもしれない。万一のガス漏れでも、ある程度の対策にはなるだろうし。

好太郎はしばらく考えて答えた。

「わかった。それ、申し込もう」

肚(はら)を決めると、気が楽になった。きっと自分の都合を捨てられたのだろう。やっぱり浄僧侶の言葉は正しいのだ。

そう思ったとき、介護部屋から激しく咳き込む声が聞こえた。

46

茂一は少し前から、徐々に食欲が落ちていた。

山村のときはもちろん、佐野が介助をしても、朝食を完食することはなくなり、日に日に残す量が増えていた。これまでは朝に食が進まないときは昼によく食べたが、それもなくなり、夕食も好太郎が辛抱強く介助しても満足のいく量を食べなくなった。しばらくようすを見ていたが、二口か三口食べただけで顔を背けることもあり、さすがに心配になって、訪問診療の森村医師に相談した。

「それは自然な経過の一部ですね」

森村医師はいつもの落ち着いた口調で説明した。

「飢饉で飢え死にするとか、砂漠で渇いて死ぬとかだと苦しいですが、食べ物も飲み物もふんだんにあるのにほしがらないのは、身体が必要としていないからです。元気な人は気づきませんが、消化や吸収にも体力がいるのです。ご家族は口から食べるだけで喜びますが、本人はそのあと消化と吸収をしなければならないので、たいへんなんです。点滴ならいいと思われるかもしれませんが、点滴はほとんど水ですから、心臓に負担がかかりますし、排泄のために腎臓も余分に働かされます。ヘトヘトに弱っているロバに重い荷物を背負わせるようなものです」

「でも、食べなければ身体が弱るし、水分を摂らないと脱水になるんじゃないですか」

「栄養や水分を入れても、臓器がそれを利用できなくなっているから、ほしがらないんです。無理に食べさせたり飲ませたりしても、本人を苦しめるだけです。欧米では、食欲のない高齢者に無理に食事をさせることは、虐待と考えられているくらいですから」

森村医師はさらにたとえ話で説明した。

「飛行機でも着陸するときは、徐々に高度を下げるでしょう。だからソフトランディングできるのです。食欲がなくなるというのは、着陸に向けて高度を下げているのと同じです。それを無理に食べさせたり点滴したりして、強制的に高度を上げると、ドスンと墜落します。在宅医療をやっている医師の間では、高齢者は点滴や栄養補給などせずに、乾いて亡くなるのがいちばん楽そうだというのが共通認識です」

「でも、父はまだ七十五歳ですよ」

好太郎が納得できずに抗弁すると、森村医師は小さく首を振った。

「寿命は人それぞれです。今は平均寿命が八十歳とか、人生百年時代だなどと、浮かれた考えが広まっていますが、個人には当てはまりません。百歳まで生きる人もいれば、七十歳で亡くなる人もいます」

必ずしも納得したわけではないが、本人を苦しめるのは本意ではないので、無理に食べさせることは控えるようにした。すると、日によってはけっこう食べるときもあり、無理をせず自然に任せるのがいいと、好太郎は再確認するようになった。結局、しっかり食べてほしいと思うのは、自分の都合なのだ。

しかし、今、介護部屋から聞こえてきた咳き込みは、ただのむせやえずきとは明らかにちがった。

「父さん、どうしたの」

泉といっしょに介護部屋に入ると、茂一はベッドで仰向けのまま激しく胸を震わせていた。必死に息を吸おうとするが、喘息発作のような音がして、十分に空気が入っていかないようすだ。急いで茂一の上体を起こし、手のひらで背中を叩いた。

「大丈夫？　慌てないで、ゆっくり吸い込んでごらん」

好太郎のアドバイスが効いたのか、茂一は呼吸を整え、徐々に胸を膨らませた。そのあとで、「ゴォホホン」と大きな咳払いをして、少し楽になったらしく、どうにかふつうの息にもどった。何かを飲み食いした形跡はないから、おそらく自分の唾液か痰にむせたのだろう。

そのときはそれで一件落着したが、夜、茂一は夕食をまったく食べず、痰の絡む咳を繰り返した。呼吸も荒く、ゼイゼイと苦しそうだ。体温を計ると三十八度九分もあった。

午後八時を過ぎていたが、森村医師に連絡するとすぐに診察に行くと言ってくれた。

三十分後、森村医師は白衣を着ずに、診療鞄だけ持って現れた。経過を聞いたあと、茂一の胸に聴診器を当てて何カ所かの音を聴いた。次第に険しい表情になる。

「呼吸音が乱れています。誤嚥性の肺炎でしょう」

「大丈夫でしょうか」

「このままだと危ないです。入院して治療をすれば助かる可能性はありますが……」

厳しい眼差しで言葉を切る。好太郎が、じゃあすぐにでも入院をと言う前に、あとを続けた。

「病院で治療すると、悲惨な延命治療になる危険性もあります」

「どういうことです」

「人工呼吸器につながれて、意識もないまま器械に生かされる状態が続くということです」

「でも、生きていれば回復する見込みもあるでしょう」

「それはむずかしいです」

泉を見ると、好太郎と同じく納得しきれない顔をしている。森村医師が暗い表情で二人に説明した。

「延命治療を続けると、全身がむくんで手足は丸太のようになり、顔も腫れ上がり、腹部も水死体のように膨れます。出血傾向で口や鼻だけでなく、目や耳から出血する可能性もあり、肛門からはコールタールのような血便があふれます。しょっちゅう痰を吸引しなければならないので、その度に苦しい思いをします。皮膚は黄疸で黄色から褐色、緑がかった黒にまで変色するでしょう。背中や臀部に床ずれができ、場合によっては、手や足の指が壊死してミイラ化することもあります。そんなふうになれば、回復の見込みはまずありません。しかし、治療を続けるかぎり、死ぬに死ねない状態が続くのです」

「そんなことになる前に、治療をやめられないんですか」

「むずかしいですね。今の日本では尊厳死が認められていませんから、延命治療の中止は殺人罪に問われる危険性がありますので」

「でも、このまま家にいたら危ないんでしょう」

森村医師は黙ってうなずく。それならと思うが、彼の深刻な表情は、病院に行けば目も当てられない状況になる危険性が高いことを暗示していた。

「病院に行ったら、助かる見込みはどれくらいなんですか」

「たぶん一割以下でしょう」

「そんな……」

絶望的な声を洩らし、救いを求めるように泉を見た。

「どうしよう」

「わたしたちだけでは決められないわよ。裕次郎さんにも相談しなきゃ」

「森村先生。弟とも相談したいので、今、ちょっと電話してもいいですか」

許可を得て、好太郎はスマートフォンで裕次郎に連絡した。電話口で状況を説明すると、裕次郎は落ち着いた声で答えた。

「前立腺がんの治療をしないと決めたとき、父さんのことは自然な寿命を受け入れると話しただろう。延命治療がひどい状況になるのは、朋子からも聞いてたから、僕は父さんを入院させないほうがいいと思う」

「だけどおまえ、このままだと危ないんだぞ」

「病院で治療したって助かる見込みは少ないんじゃないの。わずかな望みにすがって、悲惨な状態になってから、悔やむ家族が多いって、朋子がいつも言ってるんだ。あいつは現場を知ってるから、冷静に判断してると思う。だから、僕は父さんを入院させることは反対だ。でも、これまで父さんの世話をしてきてくれたのは兄さんなんだから、最終的には兄さんの判断に従うよ。兄さんが悔いの残らないように決めてくれたらいい」

思いがけず判断を委ねられ、好太郎は困惑と不安に唇を噛んだ。責任重大、過酷な決断をしなければならない。どうすればいいのか。ふたたび泉に視線を送りかけたが、好太郎はそれを我慢して己に向き合った。

決めるのは自分だ。ふだん長男風を吹かせていて、こんなときにぐらついたら、あまりに情けない。父さんを自宅に引き取ったのも、介護のやり方を決めたのも自分だ。今は父さんにとってどう判断するのが最良か、それだけを考えろ。

好太郎の視界からすべてが消えた。深い靄の中で道をさがす気分だった。このままでは決断の方向さえ見えない。

好太郎は顔を上げ、それまでの動揺を抑えて森村医師に訊ねた。

「先生ならどうされますか。率直なところを聞かせてください」

森村医師はその問いを真摯に受け止め、穏やかに答えた。

「医者もすべてを見通せるわけではありませんから、正解を求められても困りますが、もし私の父親でしたら、病院には運ばないと思います」

「わかりました。じゃあ、父を家で看取ります」

森村医師に従ったのではない。自分でそう決めたのだ。仮に判断がまちがっていても、森村医師を責めるつもりはない。

「それでしたら、飲み薬の抗生剤をお出ししましょう。手持ちの薬がありますから」

森村医師は診療鞄から錠剤のヒートシールを取り出した。ベッドの背もたれを上げ、上体を起こして錠剤を茂一の口に入れる。吸い飲みで水を含ませると、茂一は激しくむせた。うまくのみ込めないようだ。森村医師が口腔を指で探ると、錠剤が残っていた。

「もう一度」

吸い飲みをくわえさすが、やはりむせてのどを通らない。

「父さん。頼むからのみ込んでよ。これが命の綱なんだから」

好太郎が茂一に取りすがって懇願する。

「お義父さん、頑張って」

泉も祈るように加勢する。

三度目に挑戦したとき、茂一の腹が波打ち、眼球が上転して白目になった。

「危ない。嘔吐する」

森村医師がとっさに茂一の顔を横に向ける。絶食のせいか、出たのは黄色い胃液だけだった。

「これ以上は無理をしないほうがいいみたいです。薬を置いていきますから、落ち着いたらのませてください。だけど、くれぐれも無理をしないように。明日、また診察に来ますから」

森村医師はそう言い残して帰って行った。

47

翌日、森村医師は朝いちばんに診察に来てくれた。

前の晩、好太郎は茂一に抗生剤の錠剤をのまそうと何度かトライしたが、うまくいかなかった。途中で遅くに帰宅した千恵が交代し、明け方の三時前にやっと一錠をのますことができた。さらに、午前六時過ぎに泉も一錠、服用させることに成功した。いつもの好太郎なら、自分がのませられないことに苛立つところだが、今はちがった。大事なことはだれがのますかではない。とにかく抗生剤を服用することだ。

発熱のほうは森村医師が入れてくれた座薬の効果で、夜半には三十七度三分まで下がったが、朝になっても呼吸は荒いままで、痰の絡んだ咳も治まらなかった。

「肺炎の状況は変わっていないようですね」

森村医師は茂一の胸に聴診器を当てながら深刻な声で言った。今はまだ危篤ではないが、いつそうなるかしれないという顔だ。

「抗生剤はのめたらのんだほうがいいですが、嘔吐すると窒息する危険性がありますから、決して無理はしないでください」

「なんとか、少しでも父が楽になる方法はないでしょうか」

すがるように聞くと、森村医師は在宅酸素療法の手配をしてくれた。

「午後にもう一度、診に来ます。それまでも急変したらすぐに連絡してください」

森村医師は予断を許さないという顔で帰って行った。

しばらくすると酸素療法の業者が来て、ベッドの横に空気清浄機のような酸素濃縮装置をセットしてくれた。ビニールチューブを延ばし、半透明の酸素マスクを口元にかぶせる。

業者が帰ったあと、好太郎は見慣れない装置に期待しながら、茂一に声をかけた。

「これで呼吸が楽になるからね」

わずかに安堵したのも束の間、茂一が半分無意識に酸素マスクを取りはずした。慌てて口元にもどす。

「つけとかなきゃだめだよ」

「ウ、ウゥーン」

茂一は首を振って、また取ろうとする。

「だめだってば」

両腕を押さえ込むと、やがて抵抗しなくなった。酸素を吸入すれば楽なはずなのに、まったく理解に苦しむ行動だ。

午後三時半過ぎ、裕次郎と朋子が大阪からやってきた。昨夜、入院させないと伝えたら、裕次郎は午前中に仕事を片づけて見舞いに行くと応じたのだった。

「父さん。裕次郎たちが見舞いに来たよ」

介護部屋に案内すると、茂一は酸素マスクをおでこに当てていた。まるで山伏の頭襟(ときん)(帽子)だ。

「何やってんだよ。ちゃんと口に当てなきゃだめだろ」

好太郎が当て直すと、茂一は朦朧としたまま、今度は顎の下に酸素マスクをずらそうとした。好太郎がそれを阻止する。

裕次郎が心配そうに聞いた。

「酸素マスクがいやなんじゃないか。いやがってるなら無理にしなくても」

「だけど、肺炎なんだぜ」

茂一の両腕を押さえようとする好太郎に、朋子が言った。

「肺炎でも酸素マスクをいやがる患者さんはけっこういてますよ。あったほうが楽やったら、自分ではずしたりしませんから」

たしかにそうかもしれない。好太郎は未練を感じつつも、茂一を制止するのをあきらめた。たとえマスクがずれていても、周囲に酸素が流れていればいい。

少しして、森村医師がふたたび診察に来た。看護師がバイタルサインをチェックし、森村医師が呼吸音を聴診する。

「抗生剤はのみましたか」

「あれから一回」

裕次郎たちが来る前に、好太郎も服用に成功していた。

「もう一種類増やしますから、無理のない範囲で飲ませてあげてください」

酸素マスクをいやがることを伝えると、森村医師も「無理に当てなくていいです」と答えた。

「大丈夫なんでしょうか」

森村医師は即答せず、ひとことずつ区切るように言った。

「今の状況を考えると、酸素マスクはつけてもつけなくても、結果にほとんど影響ありませんから」

宣告の口調だった。その意味を確かめるように、好太郎は朋子を見た。看護師なら森村医師の言わんとしたことがわかるだろう。

朋子は悲しげな表情で、小さくうなずいた。

人はいつかは最期を迎える。それを止めることはできない。無理に止めれば悲惨な延命治療になる。ずっと生きていてほしい気持は山々だけれど、父さんのことを考えたら、自然に任せるのがいちばんいい。その現実を受け入れなければならない。

好太郎はすべてを理解し、深く震える息を吐いた。好太郎だけではない。その場にいた全員が、動かしがたい状況を認識したようだった。

森村医師が穏やかに沈黙を破った。

「夕方からまた発熱するでしょうから、三十八度を超えたら座薬を入れてください。急変したらすぐに連絡してください」

最後に朝と同じ言葉を繰り返して、医師は介護部屋を出て行った。

見送りに行った泉がもどってくると、好太郎がポツリと洩らした。

「つまり、父さんはもうダメということなんだな。酸素マスクもいらないし、点滴も注射も意味がないということか」

絨毯に涙が落ちる。

「兄さん。気持はわかるけど、治療は父さんを苦しめるだけだから、しないほうがいいんだよ。つらいことだけどね」

裕次郎に続き、朋子が控えめな調子で言った。

「まだ、ダメと決まったわけやないと思いますよ。お義父さんに生きる力があったら、治る可能性もゼロやないですから」

「気休めはいいよ」

好太郎は顔を上げ、自分を納得させるようにうなずいた。泉が同情の気持を込めて言う。

「あなたはベストを尽くしたと思うわよ。施設に入れっぱなしにしないで、こうして自宅で介護したんだから、立派な親孝行よ」

「そうだよ。僕も兄さんには感謝してる。兄さんのおかげで、こうして父さんにいい時間を過ごさせてあげることができたんだから」

四人は立ったままだったので、泉がダイニングの椅子を二つ運んできて、裕次郎たちに勧めた。好太郎は茂一の一人掛けのソファに座り、ため息をついてから、脱力した笑みを浮かべた。

「いろいろあったけど、思い返すとあっと言う間だったな」

茂一を引き取ってからのエピソードを、好太郎は問わず語りに話した。トイレ立て籠もり事件、ロング徘徊散歩に女性用トイレ侵入騒動、となりの小野田の妄想的心配、大もめにもめた管理組合の臨時総会と宗田医師の講演会、そして、茂一の前立腺がん。話しながら好太郎はときに笑みを浮かべ、ときに涙をこぼした。泉と裕次郎夫婦も静かに微笑(ほほえ)んだ。

荒い呼吸を繰り返す茂一に、好太郎が静かに話しかけた。

「父さん。とうとう俺の名前を呼んでくれなかったけど、最後はいっしょに暮らせてよかったよ。精いっぱい介護したつもりだけど、はじめてのことばかりだから、うまくいかないこともいっぱいあったな。でも、俺は父さんが帰ってきてくれて、ほんとに嬉しかった。ありがとう」

好太郎が言うと、茂一の苦しそうな息が、一瞬、止まったように見えた。全員が驚いて立ち上がる。と、またガフーと長い息を吐き、荒い呼吸が繰り返された。

裕次郎がベッドサイドに立って言う。

「父さん。ありがとう。父さんのおかげで僕たちはほんとに幸せに暮らすことができたよ。朋子も子どもたちも感謝してる」

「そうですよ。わたしもお義父さんにはよくしてもろたし、子どもたちもお義父さんのことが、大好きやて言うてますから」

朋子が言い、指の背で涙を拭った。裕次郎が茂一の手を両手で握る。

「じゃあ、僕たちはそろそろ大阪に帰るよ。あとは兄さんが看てくれるから、心配しないでね」

好太郎が慌てたように立ち上がる。

「おい、裕次郎。おまえ最後までいないのか。死に目に会わなくてもいいのか」

「兄さん。僕はもう十分に最後のお別れをしたよ。死に目に会えるかどうかを気にする人も多いけど、死ぬ前の昏睡状態になったら、そばにだれがいようが本人にはわからないからな。だろ？」

夫に聞かれて、朋子ははっきりとうなずいた。彼女は何度も患者の死に立ち会っているから、実感としてわかるのだろう。

「そうか。死に目に会う会わないは、遺される側の問題で、本人には意味がないということなんだな。おまえたちらしい考えだよ」

好太郎は半ばあきれながらも、否定はしなかった。

「じゃあ、あとのことは任せとけ。俺がしっかりと見送るから」

「頼むよ。何から何まで兄さん任せで申し訳ないけど、よろしくな」

裕次郎と朋子は、最後にもう一度、茂一の手を握って、午後八時過ぎに帰って行った。

48

翌日も森村医師は午前と午後に診察に来てくれた。看護師に血圧や脈拍を計らせてから、聴診器を胸に当てる。治療らしいことは何もせず、ただ見守るだけだ。酸素マスクもはずしたままだった。食事はほとんど食べず、水分補給も吸い飲みはむせるので、冷蔵庫の角氷を口に含ませた。尿も徐々に減り、尿バッグには黒ビールのような液が溜まっていた。おそらく血尿も出ているのだろう。体力が落ちたせいか、咳も減っている。いよいよ最期を迎えるのか。

好太郎はそれを平静な目で見守ることができた。死を受け入れれば、不安に身悶えすることもない。血尿が出ようが、食事が摂れなかろうが、心を乱されることもない。

裕次郎たちが来た日の夜から、好太郎は介護部屋に布団を敷いて寝ることにした。茂一が夜中に息を引き取ることを心配してのことではない。少しでも父のそばにいる時間を持ちたいと思ったからだ。朝起きたとき、茂一が冷たくなっていてもいい。横で寝ている自分が気づかないくらい静かに亡くなったのなら、本人も苦しまなかったということだ。そうなったら、裕次郎に報せてやろう。父さんは安らかに逝ったと。

それから二日が穏やかにすぎた。好太郎は茂一の手を握り、何度も感謝の気持を述べた。茂一はたいてい無反応だったが、かすかに握り返すこともあった。泉と千恵も介護部屋に来て、身体を拭いたり、手を撫でたりした。

肺炎を発症して五日目の明け方、好太郎はどこかで茂一の呼ぶ声を聞いた。夢なのか、幻聴か、あるいは虫の報せなのか。

いや、現実の声だ。

「ウ、ウゥ……」

「父さん、どうしたの。苦しいの」

起き上がって身体をさすり、口元に耳を寄せた。

「は、は……腹が、減った」

「えっ」

額に手を当ててると、熱が下がっていた。前の晩は三十八度を超えなかったので、座薬は入れていないのに。

「父さん。何か食べたいの」

「……シュ、シュ、シュガァ」

「シュガーバターのトーストかい」

まだ午前六時前だったが、好太郎は森村医師のケータイに電話をかけた。空腹を訴えていると伝えると、好きなものを食べさせていいと言われた。

いったい何が起こったのか。

好太郎はキッチンに行き、たっぷりのバターと砂糖でシュガーバターのトーストを作った。四つ切りでは大きいので、一口サイズの十六等分にした。

介護部屋に持って行き、ベッドの上体を三十度ほど上げて、フォークで口元に持っていった。犬のように素早く食べる。

「あ、よく嚙まなきゃだめだよ」

言いながら二切れ目を差し出すと、ペロリと平らげた。信じられない。三切れ目も同じく食べ、四切れ目で少し飲み込むのに時間がかかった。もっと食べてほしいが、無理は禁物だ。

気配を察して、泉と千恵が起きてきた。

「おい、父さんがトーストを食べたぞ」

「すごい。食欲が出てきたのね」

「お祖父ちゃん、復活したの？」

二人が驚きの声を上げる。

好太郎は裕次郎にも電話をかけ、興奮した声で吉報を伝えた。

「ほんとうか。よかった。父さん、すごいじゃないか」

「だから言うたでしょ。生きる力があったら治る可能性もあるって」

裕次郎の横で朋子が声を強めている。裕次郎からスマートフォンを受け取って、好太郎に言った。

「お義兄さん、よかったですね。きっと少しずつのませてた抗生剤が効いたんやと思います。無理な治療をせえへんかったのが、体力の温存につながったんですよ」

午前十時過ぎに森村医師が診察に来て、呼吸音がきれいになっていると告げた。

「まだ安心はできませんが、このまま食欲がもどれば持ち直すかもしれません」

予想外の展開に、森村医師は首を傾げつつも笑顔を見せた。

その後、茂一は徐々に回復し、ベッドに起き上がれるようにまでなった。食事も卵焼きや煮魚といっしょに、お粥も食べられるようになった。

好太郎は感謝の気持でいっぱいだった。森村医師に対しても、泉や裕次郎、朋子と千恵に対しても、もちろん茂一本人にも。

一度、危機を経験したおかげで、気持が落ち着き、今以上のことを求めようと思わなくなった。死はつらいけれど、無理に抗っても意味はない。肚を据えると、穏やかな心持になれた。それればかりか、茂一といる時間がこれまで以上にかけがえのないものに感じられる。すべてが輝いて見える。マンションの部屋も調度も、窓から差し込む光も。

よかった。抗わなければ、運命は優しい。

そう思いながら、昼食にまたシュガーバターのトーストを用意して、介護部屋の扉に手をかけた。

ん？

何か雰囲気がちがう。異様なにおいが漂っている。

まさかと思って扉を開けると、茂一がベッドの上に尿バッグを引っ張り上げていた。手に排尿チューブを持って左右に振っている。

「あっ、それはダメだろ」

駆け寄ったが手遅れだった。布団に黄色いシミが広がっている。思わず目を閉じ、ため息を洩らした。

茂一は好太郎にお構いなしに、ベッドのオーバーテーブルに手を伸ばし、置いてあったティッシュペーパーの箱から一枚抜き取り、ムシャムシャと食べはじめた。

「あぁ、それもやめて」

慌てて止めると、茂一はきょとんとした顔を好太郎に向け、咀嚼したティッシュペーパーをベッと吐いた。

わざとやってるのか。俺が必死で看病した恩も忘れて……。いや、これも父さんが生きているからこそだ。ありがたいと思わなければ。

好太郎は怒りを抑え、懸命に引きつった笑顔を作った。

それを見た茂一が動きを止め、天井に向かって口を開いた。

「ウハハハハハ」

久しぶりに、無駄に明るい笑い声が介護部屋に響いた。

解説

釈　徹宗

『老父よ、帰れ』が文庫本になった。認知症の父を施設から自宅へと引き戻した長男家族、その悲喜こもごもを軽妙洒脱なテンポで読ませてくれる作品だ。タイトルにある「帰れ」は、自宅へと帰る意と、少しでもかつての父に戻ってほしい願いとの、ダブルミーニングになっている。

■『老父よ、帰れ』の人々

久坂部羊には、本書に先立って認知症を描いた『老乱』（２０１６年）もある。こちらも深い奥行きのある小説であった。そしてこの『老父よ、帰れ』は、それとは異なる方向から認知症問題へとアプローチした内容となっている。

最初、この作品を単行本で読んだ際に感じたのは、「可笑しいのに、素直に笑えない」であった。素直に笑えないのは、介護に関する情報と描写がリアルだからである。実はちょうど私自身が、父の老いと直面していた事情もあった。このような微妙な読書感をもたらすのは、コミカルな筆致の中に悲哀と迷いを併せ持つ本作品の特性でもある。

　ただ、今回の文庫化に際して、じっくりと再読したところ、何度か思ってもいない箇所であははと大笑いした。表現に妙味があるのだ。たとえば、「佐野は全部食べさせずにはおかないというような強いオーラを放っている」（168頁）などは最高である。すごくわかる。こういう人、いる。ここだけで佐野の人柄がわかり、熟達した介護者であることが伝わってくる。

　とにかくこの作品の登場人物はいずれも面白味があって、愛すべき人たちである。好太郎夫妻と裕次郎夫妻、その子どもたちも含めた両家族の温かな雰囲気。対照的な好太郎と裕次郎であるが、はたして読者はどちらに感情移入するのだろうか。ほとんどまともに会話もできないながら、本作品の軸である茂一。独自のビジョンを持ちながら、それを押しつけることをしない宗田医師。また、隣人・小野田もいろいろ抱えている男だ。小野田の娘・恵理那もいい。恵理那が茂一に甘える場面は、家族というものを再考させられる。

　マンションの住人たちも十人十色である。同じマンションの住人から「あんたは認知症じゃないよ。ただの性格異常だ」（217頁）と言われてしまう小林さんも、憎めない。
読んでいると、読者の心の中は多様で微妙な感情が絡み合うこととなる。「スラップスティック的面白さ」も感じるし、「なんとも言えない人間の機微」もあるし、「苦笑」も誘われる。

■切実さが胸に迫る

物語の序盤で、好太郎は父・茂一を自宅へ迎える。「父さん、お帰り」（34頁）と声をかける息子。この「お帰り」ほど、日本人の受容性を表現できる言葉はない。しかし、次第に認知症の実態・介護のリアルが明らかになっていく。このあたりは一行一行、切実である。

そんな中、父・茂一の前立腺がんが見つかる。これでそんなに長生きはできないだろうと考え、安心すると共に「父が長生きしないことに安心する自分」を見出して、身震いする好太郎。残酷な家族の現実である。

また、茂一が尿バッグのチューブを抜いてしまい、好太郎がペーパータオルで掃除するシーンはなかなかの名場面である。好太郎は「父さん。やっぱり、施設に帰るか」と声を震わせる。思わず手が出そうになるが、好太郎は（手を出したら終わりだ。父さんはわざとやってるんじゃない。認知症でわからなくてやってるんだ。父さんは悪くない。

殴ったらきっと後悔する。おまえは親孝行がしたいんじゃないのか）と、懸命に気持ちを抑えようとする。しかし、またも茂一は尿バッグのチューブを抜こうとする。「あ、この野郎！」、好太郎は反射的に身体が動いてしまう（292～293頁）。

本文でも明らかなように、この作品を成り立たせているのは、先人への感謝と敬意であり、恩返しのつもりでする介護である。それが底流しているからこそ生まれる物語なのだ。その基盤の上に表出する「わざとやってんのか」「この野郎！」という感情。この作品の魅力炸裂である。

■螺旋状に深まる

より良い介護につとめようとする好太郎の思いは、同じようなところを行ったり来たりする。ここが深く考えさせられるところであり、心に迫るところである。

すでに暮れかけた西空を見上げながら、ふと奇妙な感覚に囚われた。
あれ？　いつか同じことを感じなかったか。（298頁）

この箇所は、しばしページをめくる手をとめて味読したい。我々の人生において、すぐに解決しない問題と向き合えば、このように行ったり来たりを繰り返す事態を引き受けねばならないのである。

しかし、好太郎は決して同じところへ戻っているわけではない。同じところをぐるぐる回っているように見えるが、実は螺旋状に深まっているのである。

介護は、延々と先が見えない事態が続く辛さを抱えるのだが、半年・一年のスパンで俯瞰すれば、確実に認知症者の衰えは進んでいることに気づく（認知症者の老化のスピードは通常の数倍早いとされる）。と同時に、介護者の心身も変化していく。

実際、本書の中でも、好太郎は次第に介護情報への感度が高くなり、介護という新領域へと歩みを進めていることがわかる。まさに好太郎たちは、これまで生きてきた領域とは異なるフィールドへと被投されているのだ。そして、新領域に歩みを進めれば、そこには蓄積されてきた知恵があり、これまでと違った視点と価値観があることを知るのである。

介護は人生の奥深さと新しい局面に出遇う契機でもあるのだ。

■久坂部羊の父

本作品は、久坂部羊自身の父の介護体験がベースになっていると思われる。

作家・久坂部羊の父は麻酔科医であった。しかし、医療を信用せず、健康にも気を遣わず、自らの感性のおもむくままに生き抜いたらしい。そして、久坂部は認知症になった父を介護し、自宅で最期を看取った。その様子は本書と重なるところが少なくない。

久坂部の『人間の死に方――医者だった父の、多くを望まない最期』（２０１４年）によれば、久坂部は（反りの合わない部分もありながら）父に敬意をもっていたようである。その要因のひとつに父の人格があった。久坂部の父は、自らの老いを受け入れて、抵抗しない人であった。その姿に、自分の常識が何度か覆されたと言う。介護の際には感情的になることもありながら、その一方で好き放題させてくれた父への感謝を持っており、導尿の管を入れ替える、摘便するといったことも、自分ができることに喜びを感じるようになったそうだ。

また、本書に次のような記述があるのだが、

茂一は若いころから仏教が好きで、特にその哲学的な側面に興味を持っていた。「少欲知足」とか「莫妄想（妄想するなかれ）」などが好みの言葉で、現実を率直に受け入れることを重視していた。（１２６頁）

ここも久坂部の実父をモデルにした部分であろう。久坂部の父も「少欲知足」「莫妄想」「無為自然」などの言葉をよく口にしていたのである（『人間の死に方』５～６頁）。

■きれいごとは書けない

医療作家としての久坂部羊は、『廃用身』（2003年）や『無痛』（2006年）や『悪医』（2013年）といった作品によって、老・病・死の露骨な現実を突きつけ続けている。医療現場の欺瞞（ぎまん）をあばき、ある特定の状況におかれた人間の生々しい問題を読者に提示する。

以前、久坂部から「きれいごとは書けない」との言葉を聞いたことがある。久坂部はこれまで医療現場において、病気というものがいかに理不尽で残酷かということを、いやというほど見てきた。何の落ち度もない人たちが厳しい病に倒れ、嘆きと苦しみにのたうちまわって死んでいく。医師としてその姿を見てきた者が、ハッピーエンドやきれいごとの物語なんてとても書けない、物書きとしての誠意の問題だ、それが久坂部の立ち位置である。

かくして、決してきれいごとで終わらせず、直視したくない問題を剝き出しにして見せる作風へと至るのであるが、それでいて本作品のような軽妙さと味わい深さを描けるところに久坂部の本領がある。

そして、この作家は、常に読者へ向かって、〝自分の都合をカッコに入れれば、何とかなる〟、そう言い放つのである。

※本作品の終盤に登場する浄鉄舟は、私がモデルだそうである。実は『老乱』でも、私らしき人物がちょこっと登場している。まさか自分（をモデルにした人物）が小説に登場する日が来ようとは、夢にも思わなかった。めずらしい体験をさせてもらった。

（しゃく　てっしゅう／宗教学者・僧侶）

老父（ろうふ）よ、帰（かえ）れ

朝日文庫

2023年3月30日　第1刷発行
2023年5月30日　第2刷発行

著　者　久坂部羊（くさかべよう）

発行者　宇都宮健太朗
発行所　朝日新聞出版
〒104-8011　東京都中央区築地5-3-2
電話　03-5541-8832（編集）
03-5540-7793（販売）

印刷製本　大日本印刷株式会社

Published in Japan by Asahi Shimbun Publications Inc.
定価はカバーに表示してあります

ISBN978-4-02-265090-0

宇江佐　真理
うめ婆(ばあ)行状記
北町奉行同心の夫を亡くしたうめ。念願の独り暮らしを始めるが、隠し子騒動に巻き込まれてひと肌脱ぐことにするが。《解説・諸田玲子、末國善己》

上野　千鶴子／小笠原　文雄
上野千鶴子が聞く　小笠原先生、ひとりで家で死ねますか？
がんの在宅看取り率九五％を実践する小笠原医師に、おひとりさまの上野千鶴子が六七の質問。類書のない「在宅ひとり死」のための教科書。

内澤　旬子
身体(からだ)のいいなり
《講談社エッセイ賞受賞作》
乳癌発覚後、なぜか健やかになっていく――。フシギな闘病体験を『世界屠畜紀行』の著者が綴る。《巻末対談・島村菜津》

遠藤　周作著／鈴木　秀子監修
人生には何ひとつ無駄なものはない
人生・愛情・宗教・病気・生命・仕事などについて、約五〇冊の遠藤周作の作品の中から抜粋し編んだ珠玉のアンソロジー。

荻原　浩
愛しの座敷わらし（上）（下）
家族が一番の宝もの。バラバラだった一家が座敷わらしとの出会いを機に、その絆を取り戻していく、心温まる希望と再生の物語。《解説・水谷　豊》

落合　恵子
決定版　母に歌う子守唄
介護、そして見送ったあとに
七年の介護を経て母は逝った。襲ってくる後悔と空いた時間。大切な人を失った悲しみとどう向かい合うか。介護・見送りエッセイの決定版。

丁（てい）宗鐵（むねてつ）／南　伸坊
丁先生、漢方って、おもしろいです。
病気や体についての南さんの質問に丁先生が縦横無尽に答える。漢方が西洋医学に敗けたワケから梅毒文化論まで漢方個人授業。《解説・呉　智英》

中島　たい子
院内カフェ
さまざまな思いを抱えて一息つけるやすらぎの場所、病院内カフェを舞台にふた組の中年夫婦の心と身体と病を描く。《解説・中江有里》

日高　敏隆
人はどうして老いるのか
遺伝子のたくらみ
すべての動物に決められた遺伝子プログラムを通して人生を見直し、潔い死生観を導く。動物行動学者ならではの老いと死についてのエッセイ。

深沢　潮
ひとかどの父へ
生き別れた憧れの父親は在日朝鮮人——自分の感情と向き合い、父の足跡を追う朋美。昭和史の狭間に秘められていたドラマとは。《解説・木村元彦》

道尾　秀介
風神の手
遺影が専門の写真館「鏡影館」を舞台に、様々な人物たちが交差する。数十年にわたる歳月をミステリーに結晶化した著者の集大成。《解説・千街晶之》

むの　たけじ　聞き手・木瀬　公二
老記者の伝言
日本で100年、生きてきて
秋田から社会の矛盾を訴え続けたジャーナリストが考える戦争・原発・教育。最後の五年間を共に過ごした次男の大策氏によるエッセイも収録。

朝日文庫

村田 喜代子
焼野まで
私はガンから大層なものを貰ったと思う——。体内の小さなガン細胞から宇宙まで、比類ない感性がとらえた病と魂の変容をめぐる傑作長編。

群 ようこ
ぬるい生活
年齢を重ねるにつれ出てくる心や体の不調。それを無理せず我慢せず受け止めて、ぬるーく過ごす。とかく無理しがちな現代人必読の二五編。

山本 一力
たすけ鍼（ばり）
深川に住む染谷（せんこく）は〝ツボ師〟の異名をとる名鍼灸師。病を癒やし、心を救い、人助けや世直しに奔走する日々を描く長編時代小説。《解説・重金敦之》

柚木 麻子
マジカルグランマ
「理想のおばあちゃん」は、もううんざり。夫の死をきっかけに、心も体も身軽になっていく、七五歳・正子の波乱万丈。《解説・宇垣美里》

吉本 ばなな
吉本ばななが友だちの悩みについてこたえる
友だちに嫉妬してしまう、ママ友づきあい、友だちにお金を貸してと言われたら？ 友だち問題に、著者ならではの人生体験の厚みで答える好著。

朝井まかて／安住洋子／川田弥一郎／澤田瞳子／
山本一力／山本周五郎／和田はつ子・著／末國善己・編
いのち
朝日文庫時代小説アンソロジー
江戸期の町医者たちと市井の人々を描く医療時代小説アンソロジー。医術とは何か。魂の癒やしとは？ 時を超えて問いかける珠玉の七編。